僕が溺愛したのは、余命八ヶ月の眠り姫だった

こがらし輪音

ポプラ文庫ピュアフル

美しく澄み渡る、紺碧《こんぺき》の海の底。

色鮮やかな熱帯魚や愛くるしいペンギンに囲まれ、今日も君は無邪気に笑っている。

そんな幻想的な光景を見守る僕に、視線に気付いた君が声を掛けてきた。

「ん、どうかした?」

「いや、大したことじゃないんだけど……正直ちょっと見惚れてたっていうか」

「見惚れてた? 私に?」

目を丸くする君に、僕は照れ笑いを浮かべて言った。

「うん。こんな風に君を見ていると、まるで物語に出てくる眠り姫みたいだなって」

それが自分に向けられた言葉だと理解できていない様子で、君はしばし目を瞬くばかりだった。

やがて君は意味深に微笑し、悪戯《いたずら》っぽく問い掛けてきた。

「ふぅん。私が眠り姫なら、君は王子様になるのかな?」

「お、王子様って、そんな大袈裟な……」

思いがけない切り返しに慌てふためく僕を、君は儚げな表情で見つめてくる。

「ふふ、冗談だよ。私と君じゃ、生きる世界が違うもんね」

一線を引くようにそう呟く君を、その時の僕は無言で見つめることしかできなかった。

下手なことを口走ろうものなら、その瞬間にこの世界と君が失われてしまう気がして。

人生は些細な分岐の連続だ。何の気なしに取った選択が、その後の運命を大きく左右してしまうことだって珍しくない。

そのことに気付いた今になって思う。

あの時、僕が口にしていた言葉次第では、僕たちの未来はもっと違うものだったんじゃないかって――。

目次

CONTENTS

1章

夢世界へようこそ

カーテンの隙間から零《こぼ》れる朝日に瞼《まぶた》を焼かれ、僕は目を開けた。

本能的に摑《つか》んだスマホの時刻は七時を回っている。二度寝は諦めるしかない。

渋々半身を起こした僕は、せめてもの憂さ晴らしに無遠慮な欠伸をひとつ。

「……ねっむ」

布団に入ったのは二十三時頃だが、多分実際に寝ていたのはせいぜい二～三時間といったところだろう。ここ最近、寝付きがどんどん悪くなっているのを感じる。すぐに眠りに就けるのも立派な才能なんだと、僕は身をもって理解させられた。

寝る前のストレッチ、ホットミルク、スマホの禁止、どれも試したがダメだった。数ヶ月前までの僕はどうやって眠っていたのかすら、今となっては思い出せない。開き直って徹夜しようと思えば午前四時頃にようやく微睡《まどろ》み、気が付けば重い頭を抱えて目を覚ます……その繰り返しだ。

布団から出た途端、二月の冴えた空気が肌を刺す。暖かな春はまだまだ遠い。

布団にとんぼ返りしそうになる体に鞭《むち》打ち、部屋の外へ。

眠い目を擦り、覚束ない足取りでダイニングに赴くと、さっそく母が気遣いの言葉を掛けてきた。

「おはよう凱人《がいと》。何だか顔色がよくないけど、具合でも悪いの？」

「ん、べつに……ただちょっと寝付けなかっただけ」

どうやら今の僕は相当ひどい顔をしているらしい。

余計な心配はさせまいと無難な返事をすると、今度は食卓で新聞片手にコーヒーを啜《すす》る父が言った。

「睡眠はしっかり取れよ。寝不足は学習の大敵だ、記憶力と計算力が四割落ちるとも言われている」

「わかってるよ、言われなくてもテストと模試はちゃんと頑張るって」

父は何か言いたげな視線を僕に送ってきたが、結局新聞を置いてダイニングをあとにした。勉強に集中するという名目でサッカー部を辞めたのに、これで前より成績を落とそうものなら目も当てられない。

浮かない気持ちを抱えたまま、僕は黙々と朝食を食べ進める。

公務員へのカスハラ問題、大企業のデータ偽装、芸能人のスキャンダル、政治家の裏金疑惑……片手間に読む新聞の記事や、テレビから聞こえるニュースは、既視感のある不穏なものばかり。

寝不足の頭に次から次へと嫌な情報が流れ込み、無性にイライラさせられてしまう。

高校一年生の僕は、遅くとも六年後には何かしらの形で生計を立てなければならない。抜きん出た才能も目を奪われるような容姿も持たない僕には、できるだけリスクの少ない堅実な人生を歩むことが求められるし、もちろん僕自身そうしたい。

でも、堅実な人生って何だ。調べるほど、ニュースを見るほど、わからなくなる。

正直ちょっと前までの僕は、寡黙で仕事一辺倒な父のことを平凡な大人だと思っていたし、成長すれば僕も自然とああいう大人になるんだろうなと考えていた。

しかし将来を真剣に考える時期になって、医薬品卸大手で部長職を務め、家族を養っている父のすごさがよくわかった。そして同時に、『僕に同じ芸当はできないだろうな』という諦観も、頭の片隅に宿っている。仮に父と同じ会社に入ろうとも、それは変わらないだろう。

今の僕には心から熱意を注げるものがない。勉強というものは畢竟《ひっきょう》、将来生業《なりわい》にしたいもののための備えだが、僕にはそれが存在しない。だから勉強をすることや、僕が現在高校生であることに、本質的な価値を見出せないのだ。

寝たら明日が来てしまう。明日なんて来なくていい。大人になんてなれなくていい。僕だけずっと高校生のままでいい。

僕が夜に眠れなくなったのは、おそらくそんな将来への漠然とした不安のせいだ。


愛知県立小斗井《おとい》高校、登校後のホームルームにて。

寝不足が祟っていた僕は、夢現《ゆめうつつ》に連絡事項を聞いていたのだが、突如として飛び込んできた奇妙な言葉で一気に目が覚めた。

「えー、それでは最後に。今日は入院中の夕霧《ゆうぎり》さんに、クラスのみんなで折り鶴と寄せ書きを贈りたいと思います。教卓の上に折り紙と色紙を置いておくので、皆さんお昼までに時間を作って折り鶴とメッセージをお願いしますね」

中年女性の浅田《あさだ》先生は満面の笑みだが、対する生徒の反応はどこか気の抜けたものだ。

「夕霧さんって……」「たしか去年階段から落ちた……」「ああ、もうそんな前の話なんだ……」そんな小声のやり取りが、教室のそこかしこから聞こえてくる。

友人と目配せを交わした女子生徒が、おずおずと手を挙げて質問する。

「あの、先生、夕霧さんってもう目を覚ましたんですか？」

夕霧未沙乃《みさの》は去年の十月、学校の階段から転落して頭を打ち、救急搬送されたクラスメイトだ。一命は取り留めたものの、打ち所が悪かったようで、もう長いこと学校に来ず入院生活を送っている。昏睡状態に陥っているという噂は、本当だったようだ。

生徒の質問に、浅田先生は首を横に振り、悲痛な表情で答えた。

「いいえ、今も寝たきりですよ。だからこそこういう時は、みんなの気持ちを届けてあげるのが大事なんです。それがきっと夕霧さんの心に届いて、体にもいい影響を与えてくれるんですよ」

昏睡状態で贈られても認識できないなら心に届くも何もないじゃないか、とは誰も言わなかった。高校生にもなれば、こういう場で正論が意味を成さないことくらい百も承知だ。

半年近くも顔を合わせていないクラスメイトのことなんて、僕は正直ほとんど忘れてしまっていた。反応を見るに他の生徒も似たり寄ったりだろう。

まるで最初からこの教室にはいなかったかのように扱われている。

僕は夕霧未沙乃について『大人しい女子』という漠然としたイメージ以外に何も思い出

せないし、会話した記憶などもってのほかだ。そんな相手にどんなメッセージを贈れというのか。

露骨に苦い表情をしていた男子のひとりが、果敢にも抵抗を試みる。

「でも俺、鶴の折り方なんて知らないし……」

「折り紙の傍に鶴の折り方の説明を置いておきます。それでもわからなければ、知っている人に教えてもらうように。ひとり最低一羽としますが、もちろん何羽折っても構いませんよ。それと、折り鶴とメッセージには自分の名前を書いてくださいね」

予想していた反論とばかりに浅田先生は答えると、そのままホームルームはお開きの流れとなった。『気持ちが大事』と言う割に、教え子の気持ちにはずいぶんと無頓着らしい。

一限目の開始までの空き時間に、僕は教卓まで行って折り紙を一枚手に取った。面倒事はさっさと片付けるに限る。授業中に内職で終わらせられればベストだ。

自席に戻ってから、僕は何となしに手に取った折り紙が青色《サムライブルー》であることに初めて気付き、無性に心がささくれ立ってしまった。


睡魔と闘ったり、時には身を委ねたりしながら過ごした八時間後。

スマホで折り方を調べて折り鶴を作り、寄せ書きには『早く元気になってね』と無難極まるメッセージを記し、万難を排して家に帰ろうとした僕の足は、浅田先生によって止められた。

「樋廻《ひばさみ》くん、ちょっといい？」

「何ですか？」

　普段、先生が僕に声を掛けることなんて滅多にない。嫌な予感がしたが、僕はできるだけ顔に出さないよう応じる。

　浅田先生は申し訳なさそうに眉根を寄せ、小洒落た紙袋を僕に差し出してきた。

「夕霧さんへの寄せ書きと折り鶴の件だけどね、病院まで持って行ってもらうの、お願いできないかしら？」

「え？　何で僕が？」

「ちょっと遠い病院だし、日の入りもまだ早いから、この時間だと女子にはなかなか頼みづらくて。樋廻くん、たしかサッカー部辞めたのよね？　引き受けてくれると助かるんだけど」

　手に持った紙袋から予想はしていたが、それでも男子の僕に白羽の矢が立ったのは意外だった。

「でも、男子が寝たきりの女子の病室にお邪魔するのはまずくないですか？　女子に頼みづらいなら、先生が直接持っていった方がいろいろ安心な気もしますけど」

　もっともらしい言い訳で遠回しに拒否したものの、先生も譲らない。

「それも考えたんだけどね。やっぱり同級生の子が渡してあげた方が、夕霧さんも嬉しいと思うの。それに樋廻くん、ホームルームのあと真っ先に折り紙を取りに来てくれたでしょ？　あなたみたいな優しい子なら安心して任せられると思ったんだけど」

僕は内心肩を落とした。面倒事を早く済ませようとしたのが裏目に出た。部活を辞めたことまで把握されていては断る理由もない。

「まぁ……べつにいいですけど、暇だし」

渋々僕が承諾すると、浅田先生はパッと明るい表情になり、紙袋とメモ用紙を差し出してきた。

「ありがとう。入院している病院と病室はこのメモの通りよ。何かあったら携帯に電話ちょうだいね」

メモに記された病院名を見て、僕は猫を被るのも忘れて顔を顰《しか》めた。場所こそ誰でも知っている総合病院だが、僕の家の方向と真逆じゃないか。マジで遠いし。

とはいえ、今さら『嫌です』と突き返すのも憚《はばか》られる話だ。部を辞めた今ならちょうどいい運動になって、夜の寝付きも改善されるかもしれない。

不都合な事実を、僕は努めて好意的に解釈することにした。


受付でもらった面会証を首に下げ、病室に向かう。

そこで、僕はネームプレートを指差し確認する。

【夕霧未沙乃】、間違いない。

儀礼的なノックのあと、僕はできるだけ音を立てないよう、慎重にドアを開けた。

「失礼しまーす……」

中は二床タイプの病室だが、片方は空いている。向かって右側のベッドに眠るセミロングヘアの少女には、朧《おぼろ》げながら見覚えがあった。

事前に耳にしていた通り、腕に点滴を打たれた夕霧未沙乃は、僕の入室にも一切反応せず眠り続けている。頭に巻かれたバンダナのようなものと、そこから延びるコードは、脳波の測定器か何かであろうか。

眠っている表情は穏やかだが、首筋や腕は不自然なほど細くなっていた。

接点のないクラスメイトとはいえ、このように力なく横たわる姿を見てしまうと、やはり些《いささ》か胸が痛む。先生が何かしてあげたい一心であのような提案をした気持ちも少しわかる気がした。

単に置いていくだけというのも味気ないと思った僕は、紙袋から取り出した寄せ書きを掲げ、おずおずと声を掛ける。

「あのぉー……夕霧さん、ここに寄せ書きと折り鶴、置いていきますねぇー……」

反応はない。独り言みたいで気恥ずかしくなった僕は、寄せ書きを紙袋に戻して床頭台に載せた。

床頭台の位置から、僕は夕霧未沙乃の顔を見下ろす。

「昏睡状態って言ってたけど、本当かなぁ。普通に眠ってるだけにしか見えないけど……」

とはいえ、そう見えるのは夕霧さんが機械に繋がれ、規則正しく生命維持をされているせいなのかもしれない。今この瞬間に停電したら彼女はどうなるんだろう——そんな縁起でもない想像がつい頭をよぎる。

本当に起きないのかな。そんな疑問を抱き、僕はまじまじと夕霧未沙乃の顔を見つめる。

——何だか、眠り姫みたいだな。

まるで吸い込まれるように、気付けば手を伸ばせば届く距離まで近付いていた。

間近で見る彼女の寝顔は想像以上に綺麗で、女子の無防備な寝姿を見るという非日常性に無性にときめいてしまう。

神秘的にも思える寝顔に吸い寄せられるように、僕の右手は自然と動いた。

夕霧さんの頰に僕の人差し指が触れ、真っ白な肌にほんの少し朱が浮かぶ。

その瞬間、指先に妙な感覚が走り、僕は反射的に指を引っ込めた。

「え？　今、何か……」

指をまじまじと見つめるが、何も変わったところはない。夕霧さんも相変わらずぐっすり眠りこけている。

今の感覚——何だろう、静電気かな？

自分の身に起きた謎の現象に気を取られて、僕は病室に来ていたもうひとりの存在に気付けずにいた。

「ちょっとあなた、誰!?　娘の病室で何してるの!?」

ハッと顔を上げると、そこには緊迫した表情の四十代ほどの女性の姿があった。

娘、ということは夕霧さんの母親か。

不審者を見るような眼差しにいたたまれず、僕は床頭台の紙袋を掲げて必死に弁解した。

「あっ、ぼっ、僕は怪しい者じゃゃなくて！　その、夕霧さんのクラスメイトの樋廻凱人っていいまして、折り鶴と寄せ書きを持ってきたんです！　ほら、この通り」

クラスメイトの名前が入った折り鶴と寄せ書きを見たことで、ようやく母親の警戒心は解けたようだ。

「ああ、そうだったのね。男の子がお見舞いに来るなんて初めてだから、ついびっくりしちゃって」

「いえ、こちらこそ連絡もなくすみません……」

密室で娘と男子がふたりきりなんて怪しまれて当然だ。次の機会があるかはわからないけど素直に反省する。

話題を変える意味も含め、僕は夕霧さんに視線を向けて尋ねた。

「普通に眠っているようにしか見えないんですけど、本当にずっとこんな感じなんですか？」

「ええ。十月に学校の階段で転んで頭を打って、それから来る日も来る日も眠ったまま。一度だけ夢に出てきてくれたけれど……。何で早く起きてくれないのかしら。いくら生きているって言っても、こんなんじゃ全然安心できないわよ……」

口元に手を当てながら言葉に詰まる母親には、肌荒れと目元の隈がはっきりと窺えた。

神経質に親指を噛み、母親は口早に捲し立てた。

「『目を覚ますのを待つしかない』って担当医は言っているけど、本当かしら？　いまいち説明が要領を得ないというか、信用できなくて。原因もわからず半年近くも目を覚まさないなんておかしいじゃない。この病院、口コミもあんまりよくないみたいだし、もっと大きな所に転院させるべきだと思うのよね。手遅れになってからじゃ遅いのに、あの人ったらいつも他人事なんだもの。ねぇ、あなたはどう思う？」

娘の一大事という事情を差し引いても、母親の雰囲気は何というか殺伐としており、言葉遣いも刺々しく、有り体に言うならかなり怖い。

「え、ええと……あ、僕もう行かなきゃなんで、失礼しますね！」

言うが早いか、僕は大股で病室を出た。どう答えてもろくな展開にならないのは火を見るより明らかだ。

面会証を返却し、院外に出たところで、僕はようやく人心地ついた。陽の光を浴びるのがやけに久々に感じられた。

――やっぱり断るべきだったよなぁ。

昏睡状態の少女へ折り鶴と寄せ書きを届け、その見返りは母親からの疑念と愚痴だけ。徒労という表現がこれほど似合う状況もそうあるまい。

追い打ちを掛けるようにこれから始まる長い帰路を思い、僕は溜息とともに肩を落とす。

その道中、僕は自分の人差し指を眺め、首を傾げた。

——さっき、夕霧さんに触れた時の感覚は、結局何だったんだろう？

不幸中の幸いと言うべきか、その日の夜はベッドに入ってすぐに微睡むことができた。散々歩いて疲れた甲斐があった。久々に出会えた健全な睡魔を、僕は掛け布団と一緒に抱きしめ、心行くまで堪能しようとした。

だから僕は驚いた。

眠りに落ちたのを感じた次の瞬間、自分がぱっちりと目を開けていたことに。

「ん……えっ？」

まだ眠って一時間、いや数分と経っていないはずだ。しかもよく見ればここは僕の部屋じゃない。

目の前を魚の群れが泳いでいる。水族館？　何で起きたら水族館に？　いや、何か目の前で泡が上っているような？

っていうか泡の出所、もしかして僕の口……？

「何だ、ここ!?　何で海の中に……ああ、夢か」

パニックに陥りかけた僕は、自分の声で冷静さを取り戻した。海の中で息をしたり喋ったりできるわけがない。これはいわゆる明晰夢ってやつだろう。

海底に直立できているあたり、夢の海には浮力が存在しないようだ。周囲を見回すと、透き通った美しい青の世界と鮮やかな珊瑚礁がどこまでも広がっている。

お伽噺のような光景に僕が見惚れていると、どこからか一羽のペンギンが泳いできて、僕の前に立った。

首を振って翼をパタパタさせる姿は、何だか挨拶をしているようにも見える。僕の膝ほどの小さな体軀だが、臆せず堂々と立っている。

僕は好奇心の赴くまま、屈んでペンギンに手を伸ばした。

「すごいなぁ、ペンギンに触るなんて夢でも初めてだ」

背中や翼といった黒い部分は硬く滑らかだが、白いお腹の羽毛はふわふわでとても心地よい。

見た目の愛くるしさも相俟《あいま》っていつまでも触っていられそうだったが、唐突にペンギンは体を震わせ、僕のもとから離れてしまった。

「え、何？　怒った？　ごめんね、手触りよくてつい……」

夢であることを一時忘れ、非礼を詫びる僕に、ペンギンは盛んに鳴きながら嘴《くちばし》をある方向に向けた。

「キューッ！　キューッ！」

「何か言いたいの？　こっちに来いってこと？」

僕の言葉を理解してか否か、ペンギンは海底をトコトコと歩き始めた。他にやることもないし、彼に付いて行ってみよう。

――っていうか、ペンギンってあんな風にキューキュー鳴くものだっけ?

取り留めのない疑問を抱きながらしばらく歩いていると、ごつごつした岩場が見えてきて、視界に映るペンギンの姿が増え始めた。彼らの巣穴なのだろうか。

と、僕は大きな岩の隙間に、この海底というロケーションに似つかわしくない存在を見た。

ティーポットや茶菓子が載った珊瑚のテーブルに、座り心地のよさそうな紅色の海藻ソファ、そして僕に背を向ける形でそこに腰掛ける女の子――。

「ペンタロー、どこ行っちゃったのかな。いつもは呼んだらすぐに来てくれるのに。まぁこの世界でシロクマやシャチに襲われることはないと思うけ……ど……?」

視線を感じたのか、ソファに座っていた人物が唐突に首だけでこちらを振り返った。

その顔を見た僕は、思わず「あっ」と声を上げた。

彼女の姿は見覚えがあるどころではない。つい数時間前に顔を合わせたばかりのクラスメイトだったのだから。

「君、夕霧さん?」

飾り気のないセミロングの髪に、とろんとした眠たげな眼。これまでほとんど接点のなかった地味なクラスメイトに、僕は安堵とも困惑ともつかない声で呼び掛ける。

病室で横たわっていた彼女と比べると、血色もよく幾分か元気そうに見える。

立ち上がった夕霧さんもまた小首を傾げ、不思議そうに訊き返してきた。

「ええと……君はたしか、同じクラスの樋廻くん？　何で君が私の夢世界にいるの？」

「夢世界？　何でって言われても、普通に夜寝たらこうなってただけなんだけど……」

僕は戸惑いつつ至って素直に答えたが、対する夕霧さんは懐疑的な表情だ。

「本当に？　これまで何もなかったのに、きっかけもなくいきなり樋廻くんが来るなんて変じゃない？」

そういうものなのだろうか。夢なら何でもありだと思うけれど。

疑問はさておき、心当たりはひとつだけだ。

「きっかけと言えば……今日、先生に頼まれて、君の病室まで折り鶴と寄せ書きを届けに行ったんだけど」

「折り鶴と寄せ書き……？　何でそんなもの持ってきたの？　私、現実世界じゃずっと眠りっぱなしなのに」

「いや、それは多分クラスのみんなも思ってたことなんだけどね……」

心底不可解そうな夕霧さんの態度には苦笑しかない。この場に先生がいないのが悔やまれるところだ。

夕霧さんは胸元で両手を弄《いじ》りつつ、どこか警戒心を伴った目を僕に向けてくる。

「それで、その……樋廻くん、寝ている私に、変なことしてないよね？」

「し、してないよ！　本当に起きないのかなってちょっとだけ頬っぺたをつっつきはしたけど……」

「………」

「すみません！　でも本当にそれ以上は何もしていないんです！　信じてください！」

何でそんな余計なことを口走ってしまったんだ。やましいことをしていないのは本当なんだから黙っていればよかったのに、これじゃ藪蛇だ。

藁《わら》にも縋《すが》る思いで頭を下げる僕に、夕霧さんは存外穏やかな声で答えた。

「わかった、信じるよ」

「え？」

てっきりさらなる疑念のひとつやふたつ向けられると思っていたのに、僕は拍子抜けしてしまった。

夕霧さんの寛大さに感謝する間もなく、彼女は後ろ手を組んで頭上を仰いだ。

その視線の先では、相変わらず魚群やペンギンが澄んだ蒼色の中、縦横無尽に伸び伸びと泳いでいる。

「『この夢世界では嘘をつけない』、そういう風に決まっているから。ちょっと頬っぺたをつっついた……まぁそれくらいならいいよ。どうやら樋廻くんが現実の私と直接接触したことが、私の夢世界に迷い込むきっかけになったみたいだね」

夕霧さんは自分の頬を指でなぞり、意味深に横目で僕を見て言った。

「でも、感心しないなぁ。無防備な女の子に勝手に触るなんて」

「そ、その件に関しては申し開きの余地もなく……」

「あはは、冗談だって。面白いね、樋廻くん」

恐縮する僕を、夕霧さんは愉快そうに笑い飛ばした。その反応に安心した僕は、ずっと抱いていた違和感を改めて自覚した。

夕霧さんはこの奇怪な状況に何ひとつ動じていないどころか、やけに慣れた様子だ。

「あの……今さらだけど、夢世界って何？」

「そのまんまの意味だよ。ここは私が見ている夢の世界。現実世界の私はずっと眠ってて何もできないけど、その代わりこの世界では私はどんなことでも思い通りにできるの。こんな風にね」

夕霧さんが人差し指をくるりとひと回しすると、僕たちが立つ海底に色とりどりの花が咲いた。たしかに現実世界ではありえない芸当だ。

「す、すごい……事故に遭ってからずっと？」

「うん。最初はあの世かと思ったんだけどね。夢世界で一度だけお母さんと話をしたことがあって、現実の私が昏睡状態で生きていることを知ったんだ。多分現実では病室で死にかけみたいな感じだと思うけど、こっちでは割と楽しくやってるんだよ」

夕霧さんは軽く言うけれど、様々な管《くだ》につながれた彼女の姿を見ている僕は、少し返答に迷ってしまった。

「へ、へぇ……じゃあこのペンギンたちも君が？　ペンギン好きなの？」

僕がそう訊くと、夕霧さんは僕を案内したペンギンを持ち上げ、幸せそうに頬ずりして答えた。

「大好き！　つぶらな瞳でもふもふでよちよち歩きで、逆に嫌いになる要素がないくらいじゃない？」

「キューッ」

夕霧さんに抱き寄せられたペンギンは短い翼をしきりにパタパタさせている。

よく見るとこのペンギンは他と違い、両頬に白い模様が付いていて、頭頂部から一房の黒い毛がピョコッと飛び出している。子ペンギンなのか、他と比べてサイズがひと回り小さめで、もふもふ度合いも高い。

解放しても傍に立つアホ毛ペンギンを、夕霧さんは愛おしげに眺めている。このペンギンのことはとくにお気に入りのようだ。

「この子はペンタローって言うんだけど、呼べばすぐに来てくれるし、私と一緒に遊んでくれるんだ。他のペンギンもすっごくいい子ばっかりで、全然寂しくないんだよ。本当に、ここは現実なんかよりもずっと……」

そこまで言ったところで、夕霧さんは不意に口を噤《つぐ》んだ。

しばし何事か考える素振りを見せたあと、夕霧さんが尋ねてくる。

「せっかく樋廻くんがいるのに、こんな話をしてばっかりじゃつまんないよね。何かこの世界でやってみたいこととかある？」

「いや、とくにはないけど……」

そもそも何ができるのかもろくすっぽわかっていない僕は、反射的にそう答えた。

夕霧さんは人差し指を立て、控えめに提案する。

「じゃ……じゃあさ、スケートなんてどうかな？」

「スケート？　いいけど、ここではそんなこともできるの？」

僕の質問が終わらぬうちに、夕霧さんは唐突に両手を持ち上げた。

その手の動きに合わせて海底から珊瑚の階段が生え、夕霧さんは当然のような素振りで海上へと通じるその階段を上っていく。

「うん。時々ペンギンたちと滑って遊んでるんだけど、人間とやるのは初めてなんだよね。ついてきて」

「へぇ、この世界にはスケートリンクもあるんだ……」

夕霧さんが生み出した階段を上りきり、海上に出た僕は、四方の彼方まで広がる波打つ海面を見て言葉を失った。その光景にではなく、直後に何が起こるのかを察したためだ。

夕霧さんは深く息を吸い込むと、右腕を指揮者のように大きくひと振りする。

絶え間なく波打っていた海面は、夕霧さんを中心として白く凍り付き、あっという間に広大な氷原——もといスケートリンクが完成した。

「できた。これだけ広さがあれば充分だよね」

夕霧さんは満足げに頷くと、珊瑚の階段から氷原に飛び降りた。

氷は軋むこともヒビ割れることもなく、強度は充分だ。さっきまで海を泳いでいた魚やペンギンたちは大丈夫なんだろうか。

肌に吹き付ける風が冷たくなったように思い、僕は遅まきながら尻込みさせられる。

「あの、実は僕スケートしたことなくて……」

「あ……じゃあやっぱりやめとく？」

シュンとした夕霧さんを見るのが忍びなく、僕は両手を振り回して弁解した。

「いや、そういうわけじゃないんだけど！　ただ怪我したり夕霧さんに気を遣わせたりするかもって思うと……」

「私は全然気にしないよ。安心して、この世界では転んでも怪我なんてしないから」

ふと視線を落とすと、僕の足にはいつの間にかスケート靴が履かされていた。夕霧さんの能力が為した業だろうか。

考えてみれば、海中から上がったばかりなのに服も体も乾いているし、ここが現実と全く違う物理法則なのは間違いない。リクエストがないと言った手前、これ以上遠慮するのも憚られる。

珊瑚の階段から足を伸ばし、そろそろとスケート靴のブレードを氷原に接地させた。そのまま左足、右足と順に足を下ろし、階段の端をがっしり摑んだままおっかなびっくり直立する。

こんな不安定な靴で氷の上に立つなんて無理に決まっているじゃないか……という僕の懸念通り、靴は僕の意思と無関係な方向に滑ろうとし、僕はへっぴり腰で珊瑚の階段にしがみ付いた。生まれたての子鹿のような情けない立ち姿だが、手を離したらそれこそ無様にすっ転んでしまいそうだ。

そんな僕のもとに夕霧さんは悠々と滑ってきて、両手を差し出した。

「大丈夫。体重を前に掛けて、靴を氷に押し込むようなイメージで滑ってみて。足で八の字を書くような感じで。慌てなくていいから」

藁にも縋る思いで夕霧さんの手を取ると、彼女の顔が間近に迫り、夢の中の出来事だとわかっていながらも、僕は不覚にもドキドキしてしまう。

夕霧さんは有り体に言うなら地味な女子だけど、異性とふたりきりで遊ぶこと自体が僕には縁遠いイベントだ。多分ドキドキの半分は転倒の恐怖も混ざっているだろうけど。

僕と手を繋いで向き合った夕霧さんは、ゆっくりと後ろ向きに滑り、それに引っ張られる形で僕も前方に滑り出す。

「一、二、一、二……」

最初はただ夕霧さんの動きに身を任せるばかりだったが、足の動かし方を試行錯誤しているうちに少しずつ要領は摑めてきた。

唐突に夕霧さんがパッと手を離し、僕は身ひとつで氷原に投げ出された。支えを失いパニックになりかけた僕だったが、慣性のおかげで体勢は崩れなかった。

重要なのは力の強さではなくタイミングだ。片方の足を戻すタイミングで、もう片方の足で体を押し出す。それを等間隔で繰り返せばスピードも付いてくる。

冷たい空気を全身で切る感覚が心地よい。

こなれた足捌《あしさば》きで氷上を滑る僕に、夕霧さんが後ろから追い付き、嬉しそうに言った。

「そうそう、その調子。ちょっと向こう側まで競走してみようか」

「え？」

「よーい、ドン！」

僕は突然の夕霧さんの提案に応じる余裕がなく、スタートダッシュで出遅れてしまった。夕霧さんに追い付くべく力任せに氷を蹴ると、あっという間に凄まじい速度に到達し、僕は彼女を追い抜いた。

しかし、そこで僕は減速の仕方を学んでいないことを思い出す。これどうやって止まればいいんだ――そんな不安と雑念を抱いたが最後、僕は足捌きのタイミングを誤り、体勢を崩して脇腹を強打してしまった。

転んでも勢いは止まらず、僕は倒れた姿勢のまま無様に氷上を滑っていく。絵面だけ見ればギャグ漫画のような滑稽さだ。

軽く目を回した僕は、半身を起こして自分の体を見下ろした。

「いっ……たくないな、本当にこの世界では怪我しないんだ」

肘と横腹をぶつけた感覚こそあったものの、あとを引く痛みは全くない。夢の世界だから当然と言えばそれまでだが、どうにも不思議な感覚だ。

僕の真横で華麗に停止した夕霧さんは、心底可笑しそうな笑い声を上げた。

「あははっ！　樋廻くん、転び方派手すぎるよ！」

「仕方ないだろ、止まり方知らなかったんだから……」

　氷上に座り込んで恨みがましく言う僕に、夕霧さんは丁寧にレクチャーしてくれる。

「ごめんごめん、止まる時は足を横にするんだよ。ブレードの摩擦でスピードを抑え込むイメージで」

「こ、こんな感じ？」

　夕霧先生の教えに従い、僕は再び試行錯誤する。基礎的な滑り方を学んだおかげか、止まり方はすんなりと習得できた。ただこれは僕の運動神経がいいというよりは、ここが何でもありの夢の世界だからだろう。

　それでも、腹這いで滑るペンギンと並走したり、こちらから夕霧さんに競走を挑んだりして過ごした数時間は、この上なく楽しかった。

　ひとしきり滑って満足したあと、僕たちは氷上に腰を下ろし、焚火《たきび》に当たった。現実であれば正気を疑う自殺行為だが、煌々と燃え爆ぜる炎は氷をわずかほども解かさない。

「はー、楽しかった！　誰かとこんなに遊んだのってすごく久し振り」

　ペンタローを抱えて座り込む夕霧さんは、すっかりご満悦だ。いくらペンギンが一緒とはいえ、半年近くもずっと夢世界にひとりきりでは心細いだろう。彼女のよき思い出になれたなら何よりだ。

　焚火に手を翳《かざ》して暖を取りながら、僕は意外な気持ちで尋ねる。

「夕霧さん、すごくスケート上手いんだね。習い事とかやってたの？」

終盤はかなりまともに滑れるようになったという自負があるものの、結局夕霧さんとの競走では一度も敵わなかった。プロスケーターも斯《か》くやのフォームとスピードだ。これほど卓越したスケート技術を持つクラスメイトがいたのなら、小耳に挟んでいそうなものだが。

夕霧さんは照れたようにはにかみ、手慰みにペンタローのアホ毛を弄っている。

「そんなんじゃないよ。練習する時間はいくらでもあったし、実は私も滑るイメージがしっかり固まるまでは何回も転んでたんだ。樋廻くん、初心者にしてはかなり上手い方だと思うよ」

「そりゃどうも。まぁ、夢で上手く滑れるようになったところで、現実ではからっきしなんだろうけど……」

僕が何の気なしにそう答えると、思いがけず夕霧さんは冷ややかな言葉を向けてきた。

「それ、必要？」

「え？」

虚を衝かれた僕が素っ頓狂な声を上げると、夕霧さんは光を失った目で僕を見つめ、重ねて問うてくる。

「現実でスケートが上手くなる必要、ある？　夢世界が楽しければそれでよくない？」

その眼差しに射竦《いすく》められて何も言えずにいた僕は、何となしに頬を掻こうとし、そこで自分の体の自由が失われていることに気付いた。

「あれ？　体が……」

動かない――というか、少しずつ消滅している？

体が透け始めた僕を、夕霧さんは名残惜しそうな表情で見つめている。

「……もう行っちゃうんだね」

その言葉で僕は理解した。ここが夕霧さんの夢世界なら、僕がここにいられるのは当然眠っている間だけなのだ。

消えゆく僕に、夕霧さんは切実さを伴う声音で尋ねてくる。

「ねぇ、樋廻くん……また私に会いに来てくれる？」

「もちろんだよ！　むしろこっちからお願いしたいくらい。と言っても、また来られるかどうかはわからないけど……」

本心から出た言葉だったが、これが今夜限りの不思議な夢という可能性も否めない。

自信なく語尾を濁らせる僕に、夕霧さんは嬉しそうに微笑んで言った。

「そっか、その言葉が聞けてよかった。君が夢世界に来てくれるなら、私は君を歓迎するよ。それしか言えないけど、きっとそれがすべてだから」

そんな夕霧さんのひと言を最後に、僕は目を覚ました。

半身を起こし、周囲を見回す。

当然そこは海底でも氷原でもなく、見慣れた自室だ。
カーテンの隙間から差す朝日は、現時刻が早朝であることを示している。
久方振りの快適な目覚めに、僕は大きく伸びをして呟いた。
「……すごくいい夢だったな」
人生で一番の爽やかな朝を、心行くまで噛み締める。
そんな僕の頭の片隅には、別れ際の夕霧さんの表情が、妙に印象に残っていた。

2 章

創造的なアイデア

起床後にダイニングに行くと、コーヒーを飲みながらニュースを見ていた母が挨拶してきた。

「おはよう、凱人。今日はとくに予定なし？」

「うん。買い物とか掃除とか、やることあれば手伝うよ」

答えながら僕は、冷蔵庫のトマトジュースと余っていたロールパンを適当に齧《かじ》る。

何の変哲もない、ありふれた土曜日の朝。

テーブルの上に残っていた父愛用のコーヒーサーバーを見て、僕は何となしに尋ねる。

「父さんは、今日も仕事？」

「ええ、年次決算が近くて忙しいんだって。去年はそうでもなかったのに、ここのところやけに休日出勤が多い気がするのよねぇ。そんなに根詰めることもないでしょうに」

母の言う通り、最近の父は何かと理由をつけて家を空けがちだ。確証はないけど、その理由は仕事じゃなくて家にいづらいだけかもしれない。

その責任の一端を感じつつ、僕は所感を述べた。

「まぁ……いいことなんじゃないかな、それくらい会社に必要とされてるってのは」

「あら凱人、なかなか渋いこと言うじゃないの」

もそもそと朝食を摂っていると、運動部の学生たちが走り込みのために近所を通りかかったようで、威勢のいい足音と掛け声が聞こえてきた。元サッカー部員としての性《さが》ゆえか、僕はつい郷愁に浸ってしまう。

同じことを思ったのか、母は僕を意味深な眼差しで眺めてきた。

「何だかまだ慣れないのよねぇ、凱人が土曜日に家にいるのって。サッカー、またやりたくなった?」

「……どうかな。やめたのを後悔しているわけじゃないけど、自分でも本当はどうしたいのかよくわからなくて」

僕はそう曖昧に答えを濁すのが精一杯だった。いい加減な言い逃れをしているわけではなく、それが僕の本心だ。

高校生になって勉強が少ししんどくなってきたことも、サッカーを続ける意味を見出せなくなったことも、嘘じゃない。

将来のことを考えれば合理的な選択をしたはずなのに、気付けばサッカーの話題を追ったり、放課後のサッカー部員に視線を吸い寄せられたりする自分がいる。かと言って『サッカーをもう一度始めたいか』と問われると、それも間違っている気がしてならないのだ。

今の僕は、純粋にサッカーを楽しむ自分自身の姿を想像できない。そんな中途半端な心構えでサッカー部に戻っても、他の部員の迷惑になるだけ。強いて理由を言語化するなら、そんなところだろうか。

言い淀む僕から何かを読み取ったのか、母は深く追及することなく、ひと言言い添えるに止まった。

「そう。まぁ、無理に続けることでもないからね。またやりたくなったらやりなさい」

そしてそのまま、テレビのニュースに視線を戻す。炎上だの不祥事だの戦争だの、今日も今日とて不穏なトピックが並ぶ。

長くサッカー活動を応援してくれた母の心境を思い、僕は尋ねた。

「母さんは、僕がサッカー続けた方がよかったと思う?」

「そんなの私にわかるわけないでしょうが。小学校からずっと続けてきたサッカーをやめるくらいなんだから、あんたなりの理由と考えがあったんでしょ。高校生が決めたことにとやかく口出すほど過保護じゃないわよ」

母の答えは案外淡白なもので、今の僕にはそれが有り難かった。

コーヒーを飲み干した母は、テレビを消して立ち上がり、釘を刺すように僕に言った。

「だから、自分で決めたことに言い訳しなさんなよ。お金がどうとか、親や先生に言われたとか、そんな理由で投げ出したっていいことなんて何もないんだから。困ったことがあったら相談しなさい。お父さんには内緒にしてあげるから」

「はーい……」

言い方に含みがある辺り、あの夜のことはもう母に知られているんだろうか。べつに隠す気はないけど、表立って確かめるのも憚られるし、気が休まらない。

食卓に視線を下ろした僕は、自分がいつの間にか新聞のスポーツ欄を開いていたことに気付いて苦笑した。

──つくづく未練がましいな、我ながら。

充分な睡眠を取れたことが幸いして、今日は宿題や復習にも集中して取り組むことができたが、ふとした時に思い出すのはあの不思議な夢のことだった。

またあの世界に行けるかな。もし行けたら今度は何をするのかな。貴重な休日なのに、今日の僕は夜の訪れが待ち遠しかった。

そんな思いがあったためか、その日の夜も寝付きは至極良好だった。

眠りに落ちた感覚と同時に、自然と目が開く。そこは昨晩見た海中ではなく、草木が鬱《うっ》蒼《そう》と茂る森だった。

細長い葉や絡み合った蔦《つた》は、日本の森林というより、アマゾンの熱帯雨林のような趣だ。何にせよここが夢世界であることに疑いはなく、僕は小さくガッツポーズを取った。

小川に沿って下流に向かうと、泉のほとりに腰を下ろす夕霧未沙乃がいた。

傍らには従者のように付き添うアホ毛ペンギンのペンタロー。森の中にペンギンというのはシュールな光景だ。

葉擦れの音で顔を上げた彼女に、僕は片手を上げて朗らかに挨拶する。

「やあ、また会えたね、夕霧さん」

「う、うん……また来てくれたんだ、樋廻くん」

ぬいぐるみのように抱き寄せたペンタローで顔半分を隠し、夕霧さんは遠慮がちに応じた。

それから僕たちは密林を探検し、極楽鳥のバードウォッチングをしたり大きな木の実を採ったり、大運河にイカダで繰り出してのんびり釣りをしたりと気ままに過ごした。釣りはイカダの上に魚が溢れ返るほど入れ食い状態だったが、夕霧さんの勧めで食べきれない分はリリースすることにした。夢世界とはいえ命を粗末にするのはよくない。

イカダから下り、獲った魚を焚火で焼いて食べながら、僕は夕霧さんに提案した。

「あのさ、僕の呼び方は『樋廻くん』じゃなくて『凱人』でいいよ。友達はみんな僕のことをそう呼んでるから」

まだ二日だが、夕霧さんとは今後も夢世界で関わることになるだろうと僕は予期していた。いつまでも他人行儀な呼び方では収まりが悪い。

僕の何となしの提案を受けた夕霧さんは、落ち着きなく視線を彷徨わせている。

「と、友達……」

「あ、嫌ならもちろん今のままでいいけど……」

気を遣って僕がそう付け加えると、夕霧さんはブンブンと首を横に振って答えた。

「ううん、嫌なんてことないよ！　樋廻く……が、凱人？」

不慣れな口調で名前を口にした夕霧さんに、僕は頷いてみせた。人のことを言えた義理じゃないけど、夕霧さんにはこれまで男子の親しい友人があまりいなかったのかもしれない。

夕霧さんは何度か口の動きで僕の名前を繰り返したあと、おずおずと言った。

「じゃあ、私のことも名前で呼んでくれないかな。私だけ名前呼びだと、ちょっと……」

「それもそうだね。未沙乃、でいいのかな？」

下の名前を思い出しながら僕が言うと、未沙乃は抱えた膝に顔を埋めるようにして頷いた。

「う、うん……」

スケートや釣りなど活動的な時は頼もしいが、こうして体を休めて話している時の未沙乃は、やけに引っ込み思案な態度だ。多分こっちの方が素の性格なのだろうけど。

川辺に腰掛け、素足でパシャパシャと水を蹴りながら、未沙乃は感慨深そうに呟いた。

「何だか嬉しいな、この夢世界で新しい友達ができるなんて。私、ここでずっとひとりで過ごすことになると思ってたから」

「夢世界だけじゃないよ。現実でも僕たちはもう友達だ」

言下に僕がそう付け加えると、未沙乃はそっと目を伏せる。

「現実でも……って言っても、私、いつ目を覚ますかもわからない状態だし……」

言い淀む未沙乃は、どこか不安げだ。自分はこのまま目を覚まさないかもしれない、と心の中で恐れているのかもしれない。

――僕まで無邪気に遊んじゃってたけど、考えてみればそんな場合じゃないよな。とはいえ安易に現実の話をしても雰囲気を悪くしそうだし……。

悶々と考え込みつつも、僕は未沙乃を安心させるべく彼女の真横に腰掛け、明るい口調で言い切った。

「それでもだよ。夢の中でも、未沙乃が目を覚ました後も、仲よくしよう。夢だろうと現実だろうと、友達でいることには変わりないって。そうだろ？」

「そう、なのかな……凱人にそう言ってもらえて、嬉しいな」

僕の答えに安心した様子で、未沙乃は控えめに微笑む。

内気な未沙乃が少しずつ心を開いてくれていることが、僕には嬉しかった。


週明けの憂鬱《ゆううつ》な月曜日も、快眠明けだと至極爽やかな気分だ。

よく眠れると授業にも身が入る。この調子ならテストもよい点が取れそうだ。その安心感がさらに集中力を生み、一種の好循環を生み出してくれる。

帰りのホームルーム後、浅田先生は僕を呼び、お礼の言葉を伝えてきた。

「樋廻くん、金曜は夕霧さんへのお届けもの、ありがとうね」

「いえ、全然平気です。それで先生、これからもちょくちょく夕霧さんの様子を見に行ってあげてもいいですか？」

僕がそう訊くと、浅田先生は嬉しそうな笑みを湛えて答えた。

「もちろんよ、是非行ってあげて。夕霧さんもきっと喜ぶと思うわ」

「ありがとうございます」

先生の許可を得た僕は、昇降口で靴を履き替えるや南門側に向かった。帰路に就くための北門とは正反対だが、僕の足取りは軽やかだ。

門の近くにたむろする女子生徒たちの後ろを通り過ぎた時、僕の背中に抗議の声が掛けられた。

「ちょっと、凱人！　撮ってるのに写っちゃったじゃん！」

「あ、わりぃ、亜愛《あめ》！　気付かなかった！」

どうやら女子同士でＳＮＳに上げるための撮影を行っていたらしい。

片手を軽く上げて謝り、僕はそのまま足早に門を抜けた。

今夜の夢世界は、真夜中の火山だ。

満天の星の下、溶岩が際限なく流れる火口の近くで、僕と未沙乃はマグマバーベキューを楽しんでいた。気温は高いが不快な暑さではなく、マグマで焼いた肉は味付けなしでも野性的な旨みがある。

マシュマロを焼いてご満悦の未沙乃は、傍らに控えていたペンタローにも食べさせている。嬉々として翼をぱたぱたさせるペンタローの頭を、未沙乃は愛おしげに撫でた。未沙乃のペンギン好きは筋金入りのようだ。

何気ない会話が未沙乃のお見舞いの件に差し掛かると、未沙乃は怪訝そうな面持ちで訊いてきた。

「私の病室にお見舞いって……何で？　現実の私って、そんなに危ないの？」

「それはよくわからないんだけど、いつ行ってもぐっすり眠ってるし……」

「眠ってる私を見るためだけに病院に来てるの？　どうして？」

「いや、理屈じゃなくて、気持ちの問題っていうかさ……現実の君が心配なんだよ」

無邪気な未沙乃の問い掛けに対し、僕は歯切れ悪く答えるのが精一杯だった。

冷静に考えてみれば、僕の行動は客観的に見て少し不審かもしれない。

「……ひょっとして、気持ち悪いかな？　男子がひとりで寝たきりの女子のお見舞いに行くのは……」

独り善がりな行動を反省する僕に、未沙乃は思いのほか淡々と答えた。

「ううん、気に掛けてくれるのは嬉しいよ。凱人に下心がないことはもうわかってるし、もしかすると君が夢世界に来られるのも、お見舞いのおかげかもしれないからね。でも……」

「でも？」

台詞の途切れを僕が訝《いぶか》しむと、未沙乃は上目遣いでこちらの様子を窺ってくる。

「その、さ……こんなこと言うとアレだけど、もしかして変な気を遣わせたりしてない？お見舞いのこともそうだけど、夢世界によく来てることも」

「気を遣わせるなんてとんでもない、夢世界には僕自身が望んで来ているんだよ。君とここで遊ぶのは楽しいけど、べつに君のためってわけじゃない」

僕は本心からそう答えた。もっとも夢世界では嘘をつくことができないのだけれど。

不思議そうに僕を見上げる未沙乃に、僕は照れ笑い交じりに続ける。

「実は僕、最近寝付きがすごく悪くて、日付を跨いでも全然寝られないことがザラだったんだ。だけど、未沙乃の夢世界に来るようになってからは朝までぐっすり眠れて、昼間にぼーっとすることもなくなって。だから未沙乃には感謝しているんだよ」

未沙乃はまるでその言葉が信じられないとでも言いたげに、しばらく僕のことをまじまじと見つめていた。女子からこんな視線を向けられるのは初めてで、僕はむずがゆい気持ちになってしまう。

ややあって未沙乃は、安堵したように呟いた。

「そっか。私の夢世界が、凱人の助けになっていたんだ……」

含みを持たせたひと言のあと、未沙乃は満足そうに微笑む。

「よかったよ。私、現実じゃずっと眠りこけて、みんなに迷惑掛けてばかりだと思うから。この夢世界がちょっとでも凱人の役に立てているなら、それだけで嬉しい」

未沙乃に喜んでもらえるのは嬉しいけど、その言い回しが何となく気に掛かり、僕はやんわりと忠告した。

「なぁ、余計なお世話かもしれないけど……あまり自分を卑下するようなことを言わない方がいいと思うよ。迷惑も何も、目を覚ませない以上は仕方ないじゃないか」

「そ、そうだよね、ごめん。私、根がマイナス思考だから、いろんなことを悪い方向に考えがちで……」

「謝ることじゃないよ。ずっと寝たきりじゃ不安になるのも当然だし……」

未沙乃が縮こまってしまい、僕も話の糸口を見失ってしまった。未沙乃を元気付けるつもりが逆効果だったかもしれない。

しばしの気まずい沈黙を経て、僕は明るい口調で切り出した。

「あのさ、僕から君に何かお礼ができないかな？　君に助けてもらってばかりじゃ、こっちの気が収まらなくて。とは言っても、何でもできるこの夢世界で僕の力なんていらないかもしれないけど……」

未沙乃は顎に指を当てて考えたあと、指をパチンと鳴らして言った。

「それなら、新しい夢世界のアイデアを私にくれないかな？」

「アイデア？」

未沙乃は腰掛けていた火口の縁に立ち、その内側へと一歩を踏み出した。

火口の内側は煮えたぎるマグマ溜まりだ。危ない、と僕は反射的に手を伸ばしかけたが、未沙乃はしっかりと虚空を踏みしめてその場に留まっている。夢世界では傷付かないとわかっていても、まだ慣れていない身としては心臓に悪い。

そのまま未沙乃は体を反転させ、悪戯っぽい笑みを湛えて僕に言った。

「夢世界は想像したことを何でも実現できるけど、逆に言えば想像できることしか実現できないの。私ひとりで思い付くことはだいたいやり尽くしちゃったから、これからは凱人から新しいアイデアをもらって、それを元に世界を作ってみたいと思うんだ。どう？」

思いがけない未沙乃の提案に、僕は拍子抜けさせられた。

「そんなことでいいの？　もっとこう、君が目を覚ますために力を貸すとかじゃなくて……」

「いいんだよ、私にとってはそれが大事なことだから」

問い掛け半ばで、未沙乃は躊躇いなくそう言い切った。

考えてみれば目を覚ますためと言っても、具体的にどうすればいいのかはわからない。ならばせめて、目を覚ますまで未沙乃に夢世界で快適に過ごしてもらう、というのは一応理に適っている。

使命感を胸に、僕は堂々と答えた。

「わかった。未沙乃の期待に添えるように精一杯やってみるよ」

「うん。凱人の素敵なアイデア、期待してるよ」

次の日の昼休み。

僕はクラスの友達と弁当を食べながら、何気なく切り出した。

「なぁ、もしもの話だけどさ、寝ている間に何でもできる夢の世界に入れたとしたら何がしたい？」

真っ先に食い付いたのはお調子者のタツだった。

胸元で指を曲げ伸ばしし、クラスの女子に品のない視線を向ける。

「何でもって、そりゃ決まってるだろ。ハーレムだよハーレム！　学校中の可愛い女子とかグラドルとか呼び出しまくってさぁ、みんな俺の思い通りに……」

「タツ、声でけぇって」

僕は白けた思いでタツを窘《たしな》めた。タツのピンク脳は今に始まったことではないが、巻き添えを食うのは御免だ。

菓子パンを頬張りながら、マコトが遠い目で天井を見上げる。

「夢かー、どうせなら現実では絶対できないことやりてぇよな。モンハンとかバトル漫画の世界に入って必殺技を出してみてーよ。一回だけ夢で見たことあるんだけど、何で夢の世界って夢だと気付けないいんだろうなー……」

「いやほんとそれな、夢ってわかってれば女子の胸揉み放題なのに……」

「タツはエロ方面から離れろって。っていうか凱人、何でいきなりそんなこと訊くんだ？」

マコトに水を向けられ、僕は無難な答えで受け流す。

「いやまぁ、だからもしもの話だよ。夢の世界だと気付けた時の備えっていうか」

「何それ、何の意味があんの？　仮に夢だって気付けても、見る夢が自由に決められるわけじゃねーだろ」

「あ、あはは、言われてみりゃその通りだよな……何訊いてんだろうな、僕……」

タツの的を射たツッコミに僕は返す言葉もなかった。

実はクラスメイトの夢に毎晩お邪魔していて、新しい世界のアイデアを求められているんです――なんて説明したところで鼻で笑われるのがオチだ。

この辺で話を切り上げようと思ったものの、機先を制したのはマコトだった。

「ほんとだよ。こんな質問しなくたって、凱人が見たい夢は決まってるだろ」

菓子パンの最後のひと口を呑み下し、マコトは自信満々に指摘した。

「プロサッカー選手として試合に出る夢、だろ？　三笘《みとま》とか堂安《どうあん》とかと一緒にさ」

その言葉を聞いた途端、僕の胃がずっしりと落ち込んだ。

「あー、いや……」

煮え切らない僕の言葉を聞き、マコトは不可解そうに首を傾げていたが、すぐに何か思い出した様子で目を見開いた。

「ん？　……あ、わり、そういえば凱人はもうサッカー部を……」

「何言ってんだよ、そんな都合のいい夢なんか見たって起きた時に虚しいだけだろ。本当に大事な夢は起きている時に叶えるもんだ。そういうことだろ？」

マコトの言葉を遮り、タツはそんなかっこつけた台詞で話を終わらせた。

「ああ……そうだな、夢の話なんかいくらしても仕方ないよな」

適当に同意しながら、僕は内心ハッとしていた。都合のいい夢を見たって起きた時に虚しいだけ——自分と未沙乃のことを指摘された気がした。

「そう！　だから俺もリアルハーレムを諦めない！」

秘めたリビドーが最高点に達したのか、タツは突然立ち上がって拳を握り、高らかに宣言した。

今度こそクラスの女子に聞き咎められ、教室のあちこちから軽蔑の言葉が湧き上がる。

「村井《むらい》サイテー」

「死ねばいいのに」

「道のりは遠そうだな……」

白い目を向けられるタツを哀れむ傍ら、彼の先ほどの言葉を、僕は反芻し続けていた。

教室で大したアイデアを得られなかった僕は、夕食後に父の仕事部屋を訪れることにした。

書斎を兼ねたそこは、部屋の左右に立派な本棚が聳《そび》えていて、ちょっとした古本屋や図書室ほどの蔵書量を誇っている。父の在室中は大抵静かなクラシック音楽が流れていて、余計に物々しい雰囲気を醸し出している。

「ねぇ、父さんの部屋にある図鑑とか写真集、ちょっと借りてもいいかな？」

僕がノックして入ると、父はデスクチェアに腰掛けたままこちらを振り向いた。

「構わないが、何に使うんだ？」

「大したことじゃないんだけど、いろいろ調べてみたいことがあって。勉強とか将来の参考になるかなって」

「そうか。ここの本は家族の共有財産だ。好きにすればいい」

父は椅子を戻し、パソコンに向き直る。持ち帰った仕事に取り組んでいるのだろう。

僕は本棚を物色し、目ぼしい本を手に取っていく。夢世界に新たなアイデアを持ち込むという目的上、写真が多くて非日常を感じさせるものがいいだろう。

動植物図鑑、国内外の写真集、歴史書などを見繕っていた僕は、本棚の端にひときわ異彩を放つ書物を見付けた。

厚さはさほどでもないが図鑑並みのＡ４サイズの判型で、古びた背表紙には僕が知らない高校名が記されている。

両親いずれかの——おそらくは父の高校の卒業アルバムだろう。

それを見た僕の胸に、複雑な思いが去来する。

「これ……」

「目当ての本は見付かったか？」

つい手を伸ばしかけた僕は、様子を窺う父のひと言で反射的に思い留まった。

僕は半ば言い訳のように、本棚から取った本を見せる。

「あ、ああ、うん。この辺を借りてくよ。すぐに返す」

「すぐには読み切れないだろう。焦らず時間を掛けて読め。他に必要な本があれば、不在の時でも勝手に持っていっていい」

父は無愛想に言うと、オーディオ機器を操作して曲目を変更する。『G線上のアリア』、クラシックに明るくない僕でも知っている名曲だ。

父の仕事の邪魔にならないようそっと退室し、ドアを閉じたあと、僕は無意識に詰めていた息を吐き出した。

――〝あの日〟以来、なかなか父さんと自然に話せないなぁ……。

徒然と動物図鑑をめくっていた僕は、ペンギンの項目を見付け、興味深く読みふけった。

「へー、ペンギンって漢字では人鳥って書くのか……」

二足歩行で空を飛べず、海を泳いで魚を獲る生き物なのに、生物学的にはしっかり鳥類で、鳥インフルエンザにも感染するらしい。

南極には二足歩行の生き物が他にいないから、人間を見ると仲間だと思って近寄ってくるのだとか。その光景を想像し、僕は微笑ましい気持ちになった。奇妙な進化を遂げた鳥もいたものだ。

そこで僕は、あることを閃き、先ほどまで読んでいた海外の写真集を開き直した。

大都会ドバイの街並みと、とぼけた顔のペンギンを交互に見て、僕は頭の中で新たな夢世界をシミュレーションする。

これなら絵的にも体験的にも、未沙乃のお眼鏡に適うかもしれない。

その夜、僕が提案した夢世界を、未沙乃は心行くまで満喫してくれた。

「わーっ！　楽しいね、これーっ！」

舞台は夜の摩天楼。東京やニューヨークすら比にならない、SF映画でしかお目に掛かれないような高層ビル群の合間を、僕と未沙乃は自由に飛び回っていた。空飛ぶペンギンの足に片手で摑まりながら。

全身で風を切る感覚と、手を離せば真っ逆さまというスリルが、体の芯から這い上がるような爽快感をもたらしてくれる。カラフルなネオンで彩られた街は、さながら地上に広がる星空だ。そんな人工的な光の中を、ツバメよろしく飛び交うペンギンたちは、超現実的ながらも不思議と絵になっている。

念じるだけでペンギンは僕たちの意思を汲み、意のままに動いてくれる。地面スレスレまで高度を下げると、走行する車と爪先が接触しそうになった。高高度とはまた違う刺激に、僕たちは歓声を上げた。

ひとしきり空の旅を楽しんだあと、僕たちは一番高いビルの屋上に着地した。自分を飛ばしてくれたペンギンを労うと、ペンギンは「キューッ」と鳴き、各々ビルから身を投げていずこかへと滑空していってしまう。

見届けてから僕に向き合った未沙乃は、頬を紅潮させていた。

「やるね、凱人。ペンギンに空を飛ばせるなんて、私、思い付かなかった。しかもこんな大都会で」

未沙乃の賞賛が嬉しくも照れくさく、僕は頭を掻いた。『そんなのとっくにやったよ』『つまらないアイデアだね』などと言われたらどうしようと気を揉んでいただけに、好評を博することができて何よりだ。

「ペンギンって種族的には鳥だからさ。もし空を飛べるまま進化してたらどうだったんだろうって思ったんだ。どうせ空を飛ぶなら、障害物が少ない自然よりもビルがたくさんある都会の方がいいかなって」

「いいね。レースとかアクロバットとか、そういう方向でも発展させられそうかも」

屋上の手すりに寄りかかって都会の夜景を眺める未沙乃は、早くも次の夢世界に思考を巡らせているようだ。

彼女の隣に立ち、僕はビル風に乗るペンギンたちを眺めて何の気なしに言った。

「気に入ってくれたならよかった。こういう絶叫系みたいなの、苦手な女子も多いって聞くし」

「私も前はそんなに好きってわけじゃなかったんだけどね。夢世界なら大抵何でも楽しめるよ。リスクがないし、無意識に自分が一番好きなようにアレンジしてるのかもね」

未沙乃はそう私見を述べてから、僕の方を見て言った。

「だけど、今は……一番は凱人がいてくれるから……かな」

「僕が？」

意外な話の流れに僕がキョトンとしていると、未沙乃は後ろ手を組んで僕をじっくり眺めてくる。

「うん。凱人がいると、夢世界がすごく楽しいんだ。君のアイデアがあれば、夢世界はもっと楽しくなるよ。ずっとここにいたって飽きないくらいに」

「ずっとはいられないよ。僕は朝になったら起きなきゃならないし、未沙乃だっていつかは僕と同じように目を覚ますことになるんだから……」

声を弾ませる未沙乃に、僕は野暮だと思いつつもそう突っ込んだ。

軽く言葉尻を捕らえただけのつもりだったけど、それを聞いた未沙乃は、幾分か声のトーンを落として言った。

「……そうだよね。凱人にとっては、ここはただの夢で、現実が本当の世界だもんね」

「『凱人にとっては』って……それは未沙乃も同じだろ？」

質問を重ねる僕に、今度の未沙乃はすぐに答えなかった。

再び手すりに寄りかかると、仮想の夜景を漫然と見下ろし、自嘲気味に呟く。

「……そうなのかな。夢世界にいる時間が長すぎて、自分でもよくわかんなくなってきちゃったかも」

曖昧な未沙乃の言葉の真意を摑み切れず、僕はその場に立ち尽くして未沙乃を見つめることしかできなかった。

僕が何を言おうと、その言葉が本当の意味で未沙乃に届くことはないように思えた。夢世界に来て間もない僕と違い、未沙乃はもう何ヶ月もここに閉じこめられているのだから。

煌めくネオンに照らされる未沙乃の横顔が、その時の僕にはやけに遠く見えた。

3章

何でも叶う理想的な世界

病院受付で面会証を受け取るのももうすっかり慣れた。

ノックをし、ドアを開けたまま、僕は未沙乃の枕元に歩み寄る。

未沙乃はやはり初めて来た時と変わらず深い眠りに就いている。代わり映えのしない光景だが、未沙乃の呼吸と微かに上下する胸元を見ると無性に安心できた。

夢の中で毎晩元気な姿を見ているとはいえ、それも現実の肉体が無事であることが大前提だろう。

始まりは『先生のお使い』という取るに足りないきっかけだったのに、そのおかげで今ではこんなに未沙乃のことを気に掛けるようになっているなんて、自分でも驚きだ。

だけど、いくら夢世界で親交を深めているといっても、現実では僕たちは未だにひと言の挨拶すら交わせていない。現実の未沙乃と会うたび、夢世界との落差を痛感し、気持ちが塞いでしまう。

未沙乃がずっとこのままだとは思えないし、思いたくもない。夢世界でコミュニケーションが取れている以上、未沙乃の脳が生きているのは間違いないはずだ。それなのに未沙乃は、どうして今なお目を覚まさないんだろう。

「未沙乃……早く目を覚まして、現実でも遊ぼうよ」

そんなひと言とともに、僕は親しみを込めて未沙乃の頰を軽くつまんでみた。

しかし、指先から伝わった感触は、僕が予想したものとかけ離れていた。

「……え?」

未沙乃の頬は、温かく柔らかな人肌のそれではない。ぞっとするほど冷たく、肉付きも骨に触れているのかと思うくらい悪い。

ただの病人と言うより、これではまるで――。

その時、開けたドアの向こうから、女性の金切り声が聞こえてきた。

「どうして未沙乃はまだ目を覚まさないんですかッ！」

未沙乃の名前が聞こえ、僕の心臓が跳ねた。

廊下に出ると、僕と同じように様子を窺う看護師や入院患者がちらほらいた。どうやら病棟の面談室に、未沙乃の母親が来ているらしい。

聞き耳を立てていいものか迷っている間にも、面談室からは切迫したやり取りが聞こえてくる。未沙乃の母親の話し相手は担当医みたいだ。

「落ち着いてください、お母さん。我々は現在も、未沙乃さんの治療のためにあらゆる手を尽くしているんです」

「落ち着いていられるわけないでしょう！　このままだと未沙乃は、八ヶ月後に死んでしまうのに！」

半狂乱の母親から飛び出したとんでもないひと言に、僕は愕然とさせられた。

「未沙乃が八ヶ月後に死ぬ……!?」

聞き違いかと疑うものの、続く担当医の台詞は、彼女の発言を裏付けるものだ。

「……このままいけばそうなりますが、今後状況が好転して未沙乃さんが目を覚ます可能性もゼロでは……」

「何が目を覚ます可能性よ！　入院してから今日まで何も変わってないどころか、悪化するばっかりじゃないの！　ここじゃもう話にならないわ！　未沙乃はすぐにでも転院させますので！」

「日本のどこに転院されても状況は変わりませんよ」

「知ったことじゃないわ！　こんな所で未沙乃を見殺しにされるよりずっとマシよ！」

その言葉を最後に、面談室のドアが荒々しく開かれ、未沙乃の母親が飛び出してきた。

肩を怒らせて病棟をあとにしようとする母親に、僕は早足で追いすがる。

「あの、ちょっと待ってください！」

振り返った母親は僕の姿を認めるや、血走った目で問い詰めてくる。

「何よ、あなた！　まさか盗み聞きしてたの!?」

般若と呼ぶに相応しい形相だったが、今の僕は尻込みしている時間すら惜しかった。

「未沙乃さんが死ぬってどういうことですか!?　未沙乃さんは、そんなに重篤だったんですか!?」

「あなたには関係ないでしょう！　こっちはそれどころじゃないのよ！」

「関係あります！　僕は未沙乃さんの友達です！　詳しい事情を教えてください！」

食い下がる僕を前にして、母親はやっと少し落ち着きを取り戻してくれたようだ。

「来て」

　病棟の出口に向かっていた足を反転させ、未沙乃の病室の方に戻っていく。

「詳しい事情も何も、聞いた通りよ」

　無造作に未沙乃の病室のドアを開け放ち、母親は横たわる未沙乃を見下ろす。その横顔は以前にも増して険しく、同時に憔悴したものだ。

　食い縛った歯の奥から、母親は怨嗟《えんさ》の言葉を絞り出す。

「十月に学校の階段で頭を打ってから、未沙乃はずっと寝たきり。最初はすぐに目を覚ますだろうって話だったのに、去年の暮れ頃になって脳に異常が見付かったの。脳波がだんだん弱くなっていて、最近は血管が裂けて脳出血なんてのも起きるようになって。その時はすぐに処置して大事には至らなかったけど、このペースで進行したらもってあと十ヶ月くらいだろうって余命宣告されたの」

　物騒な単語が次から次へと飛び出し、僕は唖然とする。

「余命宣告って……」

「もう未沙乃は目を覚まさないのッ！」

　母親の切羽詰まった金切り声を聞いても、やはりにわかには信じられなかった。

　かつてない焦燥感に、僕の心拍数が否応なしに上がっていく。

「未沙乃がそんなことになってたなんて……」

　てっきり僕は、未沙乃は遠からず目を覚ますものだとばかり思っていた。夢世界で遊ぶ未沙乃はいつも楽しげで、現実の具合の悪さをまるで感じさせなかったから。

ただ——それは有り体に言うなら色眼鏡だったのだろう。今の話を踏まえて未沙乃の顔をよく見ると、顔色は以前より青白く、頬も痩せこけている。先ほど触れた時に感じた嫌な予感は、僕の勘違いじゃなかったんだ。

「何でこんなことになったのか医者に訊いても、『珍しいケースであとは本人の生命力次第』なんて無責任な答えばっかり！　どうせろくでもない藪医者だからに決まってるのに、夫は『専門家に任せるしかないじゃないか』なんて思考停止してるんだから！　学校も学校よ、責任逃れみたいな妙な説明ばっかりして、絶対に訴えてやるから！」

だんだんとヒートアップした未沙乃の母親は、立っていることもままならなくなったのか、崩れるようにして未沙乃の掛け布団にしがみ付いた。

ベッドが軋むほど激しい衝撃を受けても、未沙乃は無防備に眠り続けるばかり。

母親は掛け布団に顔を埋め、悲痛な声で嘆いた。

「ああもう、どうして私の人生はいつもこうなのよ！　進学も就職も旦那も、姉さんと違って外れクジを引かされてばっかり！　もう私には未沙乃しかいないのに、その未沙乃まで失うことになったら、これまでの私の人生は何だったって言うのよぉ……！」

「あ、あの……」

すっかり蚊帳の外の僕は、おろおろと無様に視線を彷徨わせることしかできない。

ややあって母親は立ち上がり、別人のように低い声で言った。

「もういい。未沙乃は東京の大病院に転院させるわ。医者や夫が何と言おうと構うものですか。どうせここに入院させてたって何も変わらないんだし」

吐き捨てるような言葉を最後に、未沙乃の母親は嵐のように去っていった。

毒気を抜かれた僕は、様子を見にきた看護師に声を掛けられるまで、カカシのように立ち尽くすばかりだった。


その晩の夢世界は、雲の上だった。

ふわふわとした白い足場は食べられるようで、そこかしこを歩くペンギンが嘴でしきりにつついている。試しに僕もちぎって食べてみたところ、ひんやりした綿あめのような食感と味わいだった。

雲のソファでお茶を楽しむ未沙乃の正面に座り、僕らは取り留めのない会話をする。

膝上のペンタローと戯れる目の前の未沙乃は、いつものように無垢な笑みを浮かべていて、現実の衰弱ぶりをまるで感じさせない。

現実とかけ離れた未沙乃の有り様に、僕は違和感を通り越し、不可解ささえ感じていた。

どうして夢世界の未沙乃は、こんなに平然としていられるんだろう。今、僕の前にいる未沙乃は、本当に現実のあの未沙乃と同一人物なんだろうか。

現実のことを気に掛けるあまり、僕はずっとあやふやな受け答えをしてばかりだった。

そんな僕の様子に気付き、未沙乃は怪訝そうに訊いてきた。

「凱人、どうかした？　何か悩み事？」

嘘をつけない夢世界では、その質問をされた時点で選択肢はひとつしかない。

せめてもの気遣いとして、僕は慎重に前置きする。

「……あのさ、未沙乃は自分が現実でどういう状態なのか知ってる？」

未沙乃が首を横に振るのを見て、僕は姿勢を正して切り出した。

「取り乱さないで聞いてほしいんだ。今日、未沙乃のお見舞いに行った時にお母さんから聞いたんだけど……」

そうして僕は、病院で見聞きしたことを順序立てて説明した。

脳波と脳血管の異常により余命宣告を受けていて、その期限まであと八ヶ月であること。未沙乃の体が以前より衰弱してやつれていること、業を煮やした母親が未沙乃の転院を強行しようとしていること。

僕が話し終えると、未沙乃は膝の上でギュッと手を握り、ぽつりと呟いた。

「そう……なんだ。私、このままだと八ヶ月後に……」

思ったよりも冷静な反応だな、と僕は思ったが、あまりの事態に現状を呑み込めていないだけかもしれない。

僕は目を伏せ、神妙な口調で続ける。

「未沙乃のお母さん、すごい剣幕だったよ。担当の先生に『すぐ転院させる』って詰め寄って、病室に戻った時は『未沙乃がいなくなったら私の人生何だったたって言うの』って泣き出して。そりゃそうだよね、自分の子供がそんなことになったら……」

「ああ、やっぱりそっちなんだね、お母さんの心配は」

「え？」

未沙乃から飛び出したそんな冷たいひと言に、僕は意表を突かれてしまった。

未沙乃は遠い目で空を仰ぎ、疲れきった溜息を吐く。

「ウチのお母さんね、昔からあんな感じなの。優秀な伯母さん夫婦とフィギュアスケーターの姪っ子にコンプレックス拗らせてて、娘の私に水泳とかピアノとか英会話とか、私がやりたくもないことをやらせてばっかり。私が意見したり結果が出せなかったりすると、『何で自分の人生なのに真剣になってくれないのよ』って泣くの。そんなだからお父さんとの夫婦喧嘩もしょっちゅうで、正直家にいるのしんどくて。私のためなんて言ってるけど、お母さんは私のこと、自己実現の手段くらいにしか思ってないんだよ」

「未沙乃、それはいくら何でもひねくれた見方をしすぎじゃないか？」

苛烈な言い回しを看過できず、僕は思わず未沙乃を窘めていた。

未沙乃がここまで言うということは、きっと過去に家族絡みでよっぽど嫌な思いをしたのだろう。正直、母親と接した僕もその片鱗は感じたし、未沙乃が母親を一度しか夢世界に受け入れなかったのも当然かもしれない。しかしだからと言って、母親のあの怒りと悲嘆に、未沙乃への愛情が全くなかったとは思えない。

僕の言葉に、未沙乃はどことなく上の空に応じる。

「そうかな……そうかもね。お母さんのことをこんな悪く言うなんて、私の方こそ悪い子なのかもしれないね」

言葉こそ素直だったが、それはむしろ不穏な家族関係を強調するものだった。現実世界の自分の状態について聞かされた直後だというのに、未沙乃はやはり不気味なほどに落ち着き払っている。

何でも理想を叶えられる夢世界と、対照的なまでに歪《いびつ》な未沙乃の家庭環境。

ふたつが脳内で結び付き、僕はひとつの仮定を口にした。

「なぁ、未沙乃の昏睡の原因って、もしかしてそれなんじゃないか？」

無言で続きを促す未沙乃に、僕は口早に推測を語る。

「現実世界での嫌な思い出と、夢世界を積極的に受け入れる未沙乃の気持ちそのものが、君の覚醒を遠ざけて体を蝕んでいるんじゃないか？　オカルトみたいな話だけど、睡眠は脳の働きだから、君の精神状態が全く無関係ってこともないと思う」

「その可能性は私も考えたよ。でも、だとしたらそれが何なの？」

未沙乃の冷静な切り返しに、僕は己の無力さを痛感しながら応じる。

「そりゃまぁ、僕が今すぐ未沙乃と両親を仲よくさせるってのは難しいけどさ。でも、ひとつの取っ掛かりにはなるんじゃないかな。寝たきりの未沙乃が目覚めるための……」

「そうじゃないよ。目を覚ます方法があるとして、どうしてそうする必要があるの？」

「え？　どうしてって……」

今度の未沙乃の問いは、僕の予想を遥かに超えたものだった。

思いがけない反撃に口を噤んだ僕に、未沙乃は静かに畳みかけてくる。

「凱人は私に、『こんな夢の世界に逃避していないで現実を見ろ』なんてありきたりなお説教がしたいの？　現実なんて、苦しくて痛くてつらくて、テレビでもネットでも暗いニュースしか流れてこない。家の中でも外でも、嫌なことに比べていいことなんて数えるほどしかない。『全くない』とは言わないけどね、この夢世界の方がずっと素敵で快適だよ。たとえいつかは終わりを迎えるとしても、今すぐこの夢世界を抜け出してまで現実世界に生きる価値があるとは思えない」

嘘をつけないこの夢世界で、未沙乃はそう断言した。

決して声を荒らげるのではない、しかし軽率な反論を許さない響きを伴う言葉だった。

未沙乃の母親に大声で詰め寄られた時よりもずっと、僕は言うべき言葉を見付けあぐねていた。

未沙乃の覚悟を確かめるように、僕は慎重に問う。

「それで未沙乃自身が永遠に目覚めなくなったとしても……か？」

「どんな生き方をしたって、最後はそうなるんだよ」

未沙乃から返ってきたのは、どこか投げやりな言葉だった。

夢世界への執着心を示すように、未沙乃はペンタローをギュッと抱き寄せる。

「私は一分一秒でも長く、この夢世界にいたい。その結果として、私がこの世界でこのまま死んじゃうのなら、私はその運命を受け入れるよ。仮に家族関係がよくなっても、凱人がここに来なくなったとしても、私の考えは変わらないから」

しばらく僕は何も言えなかった。

未沙乃が目覚める力になりたいと、現実でも未沙乃と友達になりたいと、僕はそう思っていた。だけどそんな僕の思いはただの独り善がりだったのだろうか。

未沙乃に目覚めるべきだと口で言うのは簡単だし、常識的に考えてもそれが正解だ。しかし、その正解の末に未沙乃が今より苦しむのであれば、何の意味もないのではないか。

思考に行き詰まった僕は、考え方を変え、未沙乃に持ち掛けた。

「未沙乃。今から伝える夢を、僕に見せてほしいんだ」

このまま平行線の議論を続けるより、いっそ実際に確かめた方がいい。

夢世界は現実より素敵で価値がある――未沙乃のその言葉の真偽を。

夢世界を創造する未沙乃の力は、僕という協力者を得てから少しずつ変質しているようだった。未沙乃自身が知らないことや想像しにくいことでも、僕の記憶を介することで精巧な創造が可能になるらしいのだ。

今、未沙乃は目を閉じ、繋いだ僕の手からイメージを読み取っている。

頃合いを見計らい、僕は尋ねた。

「どう？　できそう？」

「うん、多分大丈夫だと思う」

未沙乃は目を開けて答えると、間髪を容れずに指揮者のごとく両手をひと振りした。

途端、ジグソーパズルのようにパラパラと空間が崩れ、新たな世界が創造された。

そこは青空の下に聳えるサッカースタジアムだった。かつての僕が『いつか立ちたい』と願い、焦がれた舞台。

楕円の巨大な建造物は言わずもがな、広大な駐車場や整備された小綺麗な歩道さえも輝いて見える。これらはすべて、プロサッカー選手の研鑽と死闘と栄光の末に生み出されたものなのだ。

ここが夢世界であることも一時忘れ、僕の胸が弥が上にも高鳴る。

「じゃ、あとは頑張ってね。何かあったらすぐ呼んで」

そんな僕の気持ちを汲んでか、未沙乃は軽く声を掛け、観戦者用の通路へと去っていった。

僕は未沙乃とは別の方向、関係者用の入口からスタジアム内に入る。目的はもちろん、僕自身がサッカーをプレーすることだ。

通路を歩くうち、更衣室に寄るまでもなく僕の服装はサッカーユニフォームに変化した。

便利なものだな、と感心しながら、僕は光差す選手入場口に踏み出す。

「……ははっ」

陽の下に出た僕は、思わず引きつった笑いを浮かべてしまった。

向かってピッチの左側に立つ選手は、長友《ながとも》佑都《ゆうと》、本田《ほんだ》圭佑《けいすけ》、三笘薫《かおる》、中田《なかた》英寿《ひでとし》……僕が敬愛してやまない日本代表選手の面々だ。朗らかに片手を上げて挨拶してくる彼らに、僕は精一杯の気力を振り絞って片手を上げ返し、駆け足でポジションに就く。

フォワードのキックオフ担当としてセンターサークルに立った僕は、迎え撃つ相手チームの面子に、思わず武者震いをひとつ。

リュカ・エルナンデス、カルロス・カゼミーロ、ルカ・モドリッチ、クリスティアーノ・ロナウド……国籍もクラブも超えた世界的スター選手たち。当然、現実世界では絶対に有り得ないチーム編制だ。

言わばこれは、日本VS世界とでも言うべきドリームマッチ。

ここが夢世界であることを理解して尚、プロサッカーのフィールドは僕の全身を震わせ、痺れさせる圧を有していた。

審判がホイッスルを口に咥える、そのわずかな時間すら粘度を持ったかのように長い。

キックオフと同時に、僕は素早く右前に駆け出した。ワンツーで前方の足元に出されたパスを、僕はインサイドでトラップ。

すごい。走りながらのパスにもかかわらず、ボールは吸い付くように足に馴染む。まさに理想的なパスだ。

感動に浸る間もなく、相手はプレスを掛けてきている。戦車のごとき勢いに圧倒されかけるが、僕はすぐさまボールを右サイドに流し、さらに左サイドにロングパスを出させる。

僕の思考を読み取ったかのような——いや、そのものと言っていい連係。

とはいえ世界の防御も固い。味方選手は無理に攻め込むことなく、何人かのチームメイトを経由し、再び僕にパスが回ってくる。

ボールを受け取った僕の眼前に、鍛え上げられた巨体が立ちはだかる。屈強な肉体と鬼気迫る表情を目の当たりにし、僕は不覚にも怖気付いてしまう。

ここは一度戻して立て直しを……いや。

——どうせ夢の中なんだ、好きなように暴れてやれ！

そう奮い立った僕は、足裏で巧みにボールを操り、彼の左脇を一回転してすり抜けた。部活で何度も練習した僕の得意技、マルセイユルーレットだ。土壇場の大技に観客が一気に沸き立つ。

流石の王者も焦りが出たか、世界チームの三選手に囲まれかけ、僕は次こそ右サイドにパスを出す。

味方の渾身のシュートは、ゴールキーパーのパンチングによって大きく前方に弾き飛ばされたが、軌道を読んでいた僕が相手ディフェンス前に全速力で滑り込んだ。

不意打ちで奪取したボールに、僕は渾身のボレーキックを叩き込む。

中心を蹴られたボールは、白い閃光となってピッチを縦断し、ゴールキーパーの指をすり抜けてゴールネットを揺らした。

「っしゃああああああ！」

膝を突いて咆哮する僕を、チームメイトが背を叩いたり頭を撫でたりして賞賛してくる。

湧き上がる観客の大歓声ときたら、すぐ傍のチームメイトの声すら満足に聞き取れないほどだ。

ひとしきり喜びを発散してから――僕は逆サイドを見て、戦慄した。

誰も彼も、殺気立った目で僕たちを見ている。世界的プレイヤーとしてのプライドと勝利への執着心が、体表を覆うオーラとなって見えるようだ。

たかが一点、されど一点。どちらにとっても同様に。

気圧されかけた心を、僕は生唾を呑み込み、頬を叩くことで奮い立たせた。

――勝負はここからだ。

日本が、そして世界が誇るトッププレイヤー同士の九十分にわたる死闘を終え、僕はピッチに大の字で倒れ込んだ。

夢の世界とは思えないほどの疲労感と達成感に、僕は言葉もなく仰向けに寝転び続けていた。ひと握りの天才が人生を懸けて努力した到達点に、平凡な高校生の僕が立つ――心には虚しさしか残らないと思っていたが、そんなことはなかった。僕が夢見た理想の舞台は、どこまでも徹底的に僕の理想に寄り添ってくれた。

拍手喝采が鳴り止まぬピッチ上を、女子高生の未沙乃が日本代表ベンチから平然と歩いてくる。何ともシュールな光景に僕は思わず噴き出してしまった。

未沙乃は僕の傍にしゃがみ込み、端的に尋ねた。

「どうだった?」

「いやー、負けちゃったね！　やっぱ世界はすごいよ、勝てるイメージが全然湧かないもん！」

夢世界は想像できることは何でも実現できる。事実、試合運び自体は僕が想像した通りに動いた。味方の動きも、相手の動きも、そしてボールの軌道さえも。

ただ、それが限界だった。『彼らを出し抜いて点をもぎ取る』ところまでは想像できても、『彼ら相手に勝利を収める自分』は全く想像することができなかった。

敗北を喫した僕は、しかしこの上なく爽やかな気持ちだった。

「でも、最高の時間だった。いつでも簡単にこんな体験ができるなんて、この夢世界は本当に素敵な世界だね」

汗まみれの髪を掻き上げ、僕は手放しに未沙乃の夢世界を賞賛した。

もちろん僕は勝つつもりで戦いに挑んだ。だけど、もし僕が彼ら相手にあっさり勝利を収めていたら、僕の中にはむしろ不満が燻っていただろう。ああ、やっぱりここは都合のいい夢の世界に過ぎないんだなと。

おそらくこの夢世界は、その可能性すらも織り込んだ上で構築されていたのだ。試合に負けはしたが、結果として僕は理想を損なわず最大限に充足できている。

未沙乃は嬉しそうに口角を上げ、興味深そうにピッチ中央から人がひしめく観客席を眺める。

「そっか、いいイメトレになったならよかったよ。自分じゃ気付かなかったけど、夢世界はこういう使い方もあるんだ……」

「ううん、イメトレなんかじゃないよ。僕、もうサッカーはやめたから」

僕は半身を起こし、未沙乃の呟きを否定した。

傍らの未沙乃は、やけに驚いた顔で僕に問いただしてくる。

「えっ、何で？　サッカー選手になりたいから試合に出る夢を見たんじゃないの？」

サッカー未経験者らしい未沙乃の発言に、僕は半笑いで答える。

「たしかにそんな目標を持っていた時期もあったけどね、もういいんだ。サッカー選手になれても意味がないってわかったから」

「意味がないって……？」

「いろんなリスクが大きすぎるってこと。こんな風に夢世界で疑似体験できるならそれで充分だよ」

きっぱりと結論付けると、僕は改めて未沙乃に向き直り、見解を示した。

「未沙乃がこの世界にこだわる理由が僕にもよくわかった。だから君が納得しているなら、もうしばらくはこのままでもいいと思う。考えてみれば、夢世界がすべての元凶だってのも僕の憶測でしかないしね」

正直なところ、この夢を見せてもらうまでは、僕は未沙乃を多少強引にでも夢世界から連れ出すつもりでいた。困った時は僕が支えてあげるから、現実世界に戻っておいでよ、と。

　だけど未沙乃が言った通り、この夢世界は何でも実現できる。ここが夢世界であるというの覆しようのない欠点や気後れすらも補い、理想的な体験をさせてくれる。

　——そりゃあ僕にも、余命八ヶ月の未沙乃を、このまま夢世界で過ごさせることに迷いや抵抗はあるけど……。

　夢世界の力と比べたら、現実の僕が未沙乃のためにしてあげられることなんて知れたもの——悔しいがそれは認めるしかない。そして当の未沙乃が、そんな夢世界への残留を望んでいるなら、その意志を尊重してやりたいという思いもある。

　だって未沙乃が言った通り、現実世界は嫌なことずくめなんだから。

「ただ、未沙乃と本当に会えなくなるのは寂しいからさ、僕のことはこれからも夢世界に受け入れてほしいんだ。君にとって一番いい選択が何なのか、僕も一緒に考えるから」

　生半可なことを口走って未沙乃の信頼を損ねるより、関係を保ち続けた方が、活路を見出せる可能性も高いだろう。

　僕がそんな風に落としどころを示すと、未沙乃はしばらく耳を疑うように立ち尽くし。

「うん……わかったよ」

　やがてどこか気の抜けた声で、相槌を打った。

　予想に反する戸惑い混じりの反応を、僕は少し不思議に思ったが、大規模な夢世界の実現で疲れているのだろうと思い込み、それ以上は何も追及しなかった。

僕は再び芝生の上にゴロンと寝転がり、抜けるような蒼穹を見上げて独りごちた。

「それにしても、やっぱり楽しいなぁ、全力でサッカーするのは……」

⌛

活き活きとサッカーをプレーする君の姿が、私にはとても眩しく映った。

八ヶ月後に死ぬかもしれない、という話を凱人から聞かされても、私はそれをどこか他人事のように受け止めていた。その上で夢世界にいたいという言葉も、嘘偽りない本音のはずだった。

たしかに楽しかったけど所詮は夢だね、やっぱり現実世界の方がずっと素晴らしいよ、だから未沙乃も現実に戻ろうよ——サッカーを終えた後、凱人にそう言われることを私は多分に予想していたし、自論を変えるつもりもなかった。

だから少し意外だった。凱人が私の夢世界を肯定したことが。

しかしその時の私は、安堵や喜びといった感情をまるで抱かなかった。心の奥底から這い上がってきたのは、むしろ漠然とした不安だった。

サッカーをやめたという凱人の発言と、彼の悲しげな笑顔を見た時、私は夢世界が自分で思っているほど万能じゃないのかもしれないと思った。そして同時に、自分が遠からず死んでしまう可能性を、初めて自分事として理解できたように感じた。諦観に満ちた凱人の表情は、まるで私に待ち受ける未来を暗示しているみたいだった。

死ぬのが怖くないと言えば嘘になるけど……不安の理由はそれだけじゃない。

凱人が夢世界を褒めたのは本心だと思う。でも、彼が湛えた悲しげな表情もまた、この夢世界がもたらしたものだ。私は凱人に、彼自身すら気付かないような、何か取り返しの付かないことをしつつあるんじゃないか？

またあの時のように……私の想像が、人に悪影響を与えてしまうんじゃないか？

鬱屈した思いを振り切ろうと、私はスタジアムの観客をすべてペンギンに変え、翼と鳴き声による盛大な拍手喝采を送った。それを見た凱人は無邪気に破顔し、歓声を上げた。

空を仰ぐ凱人の横顔に、私は訊く勇気が出ない質問を無言で投げ掛けた。

——ねぇ、凱人。私はどうしたらいいのかな？

——私は、本当は……どうしたいのかな？

⌛

僕の希望通り、それからも僕たちは夢世界での交流を続けていた。

僕が夢世界のアイデアを提供し、未沙乃がそれを読み取って実現する。未沙乃が実現する世界は、往々にして僕の期待を上回るもので、その新鮮さも僕が夢世界にのめり込む一因となっていた。

ある夜の夢世界では、巨大な球体の内側に敷き詰められた大自然だった。

草原エリアに立つ未沙乃は、頭上の砂浜エリアに立つ僕を見上げ、歓声を上げた。

「わー、すごい！　頭の上に凱人がいる！」

「人生が屋内で完結する『バイオスフィア』っていう概念があってさ、それを基に考えてみたんだ。もちろんこんな風に重力が外側に働いたりはしないけど」

「何か不思議、小さい星の内側に住んでいるみたい」

反り立つ球面を歩きながら、未沙乃は物憂げに呟いた。

「地球もこんな風だったらよかったよね。反対側で生きている人が見えていれば、争いはもっと少なかったかもしれないのに」

未沙乃は優しい女の子だ。だからこそ日々の暗いニュースにも、人並み以上に心を痛めてしまうのだろう。

その優しさゆえに未沙乃が抱える生きづらさを思い、僕は何とも言えず切ない気持ちになった。そして同時に、彼女の心を少しでも癒せる存在になりたい、とも。

別の夜の夢世界は、少し趣向を変えたホラーテイストな場所。

学校ともオフィスとも潰れたスーパーともつかない、廃墟のようなコンクリートの壁に囲まれた空間を、僕と未沙乃は肝試しのように進んでいく。

足元には水が張っていて、歩くたびに不穏な水音が響き渡る。

「うっ、何か思った以上に不気味……」

「『バックルームズ』っていうミームが元ネタなんだけど……いまいちだったかな、ごめん」

「ううん、これはこれで結構斬新かも……でも凱人、勝手にどっか行かないでね……」

不安げに僕の手を取る未沙乃は、ひょっとすると夢世界に僕が来なくなることも含めて言ったのかもしれない。

「大丈夫だよ、ずっとここにいる」

僕が未沙乃と繋いだ手に力を込めると、未沙乃は安堵したように微笑んだ。


また別の夜の夢世界では、東京タワーを超える巨大な塔を建てた。

実は機械仕掛けで、内部を歩くと鐘・ピアノ・バイオリン・トランペット・木琴など、多種多様な楽器が稼働する仕組みになっている。夢世界の限界に挑む意味もあったのだが、難なく実現できたことに僕は驚きを隠せずにいた。

街を一望できるバルコニーに設えられた屋外ピアノに、未沙乃が指を走らせると、塔全体が共鳴してひとつの音楽を奏で始めた。

眼下の街中に響き渡るその美しい音色に、僕は清々しい気持ちで耳を傾ける。ピアノを弾く未沙乃の指先は軽やかで、楽しんで演奏しているのが伝わってくる。

「未沙乃、ピアノ上手いんだな。そういえば習ってたんだっけ」

「うん。先生に叱られるのはきつかったけど、ピアノを弾くこと自体は嫌いじゃなかったんだ。一番好きなのは今弾いたショパンの『子犬のワルツ』で……ってごめん、運動部の凱人はあんまり興味ないよね」

「そんなことないよ。未沙乃さえよければ、もっといろいろ聴かせてほしいくらい」

「……本当に？」

控えめに訊く未沙乃の顔には、これまでにない純朴な喜色が表れていて、不覚にも僕はドキッとさせられた。

この時、はっきりと自覚した。僕は未沙乃に心惹かれている、と。

だけど、そのことを伝えたらこの関係が終わってしまうような気がして、僕はその気持ちを口に出さなかった。

僕と未沙乃は今のまま、よき友達であればいい。これ以上は望まない。そうすれば少なくとも、明日も僕は夢世界に来ることができる。未沙乃と会える。

それくらい僕にとって、未沙乃と過ごす夢世界は楽しかった。未沙乃のタイムリミットも、現実の嫌なニュースや不安な将来も、夢世界にいる間だけは全部忘れられた。

でも、それは所詮、その場しのぎの現実逃避に過ぎなくて。

どれほど夢世界で充実した時間を過ごしても、現実の未沙乃は回復の兆しも見えないまま、少しずつ体を蝕まれるばかりで。

気が付けば——未沙乃に残された時間は、あと七ヶ月を切ろうとしていた。

その日の放課後も、僕はやり切れない気持ちを抱えていた。

僕は心のどこかで、未沙乃が夢世界で満たされることによって目を覚ますのではないかと期待していた。僕が新たな世界のアイデアを積極的に提供したのも、それが一番の理由だった。

しかし三月も半ばに差し掛かり、風が時折暖かい空気を運んでくる季節になっても、現実の未沙乃に覚醒の兆しは見られない。夢世界では相変わらず明るく振る舞っている未沙乃だが、現実の彼女がじわじわと痩せ細っていく姿を見るのは、つらいものがある。

僕の推測は的外れだったのか、それとも何か重要なことを見逃しているのか。

お見舞いの時、未沙乃の母親から聞いた話では、未沙乃は来週中には転院してしまうそうだ。病院名は教えてもらえなかったが、東京に行ってしまえば、ともすれば現実の未沙乃とは二度と会えなくなるかもしれない。仮に完治してもこの学校に戻ってくるかわからないし、最悪の場合、未沙乃は七ヶ月後に……。

僕は頭を振り、嫌な想像を振り払った。夢世界にそんなマイナス思考を持ち込んだら、それこそ未沙乃に悪影響を及ぼしかねない。

夢世界で会うなら物理的な距離は関係ないと思っていたけど、今日のお見舞いで未沙乃の母親に会えたら、転院先の病院を教えてもらおう。

　未沙乃の容態がわからないままやきもきするのは嫌だし、東京なら新幹線を使えば二時間ほどだ。たまに会いに行くくらいなら、高校生の僕にもできる。

　決意を新たに廊下に出たところで、僕に声を掛けてきた生徒がいた。

「ねぇ、凱人」

　糸名《いとな》亜愛《あめ》。髪を明るいブラウンに染め、いつも複数の男女と談笑している、いわゆる陽キャのギャル系女子だ。サッカー部員の彼氏を持つ友人と一緒に、しばしばサッカー部の練習や試合を見学しに来ることがあり、その関係で僕も何度か話したことがある。部内でも亜愛の人気は高かったが、やけに自信家で無遠慮に距離を詰めてくる亜愛が僕は少し苦手だった。

「何だよ、亜愛」

　相変わらず高飛車な亜愛に、僕はあえてつっけんどんな態度で応じた。

　僕を見据える亜愛の目には、どことなく非難の色が混じっているように見える。

「あんた最近、帰りに南門の方でよく見かけるけど、どこ行ってるの？　あんたの家って北門側でしょ？　正反対じゃん」

「べつにどこに行ってたっていいだろ」

　すげなく切り捨てて去ろうとした僕だったが、亜愛はそんな僕の背後に付いて歩きながら質問を続ける。

「友達から聞いたよ。あんたのクラス、寝たきりの夕霧さんに何かプレゼントしようってなって、それを届けたのが凱人なんでしょ？　あんた、その日からずっとそいつの病院に通っているんじゃないの？」

「何で答える義理があるんだよ」

「無視する道理もないでしょ。私が何回サッカー部の応援と差し入れをしてあげたと思ってんの」

丈を詰めたスカートが翻るのもお構いなしに、亜愛は大股で僕を追い越し、目の前に立った。

亜愛の鋭い視線は、頭半分ほど低い身長差なんてものともしない威圧感がある。

「寝たきりで何もできない奴のために何で時間を無駄にするの？　そんな暇があるなら、またサッカーやりなよ。凱人が抜けて、みんな困ってるでしょ」

「困りはしないだろ。レギュラー争いをする奴がひとりいなくなったんだから」

未沙乃を悪しざまに言われて気分を害した僕が、意地悪な皮肉交じりに言い返すと、亜愛の声に明確な苛立ちが伴い始めた。

「話を逸らさないで、私はそんなことを言いたいんじゃない。私、サッカーを頑張ってる凱人、ちょっと格好いいなって思っていたんだよ。だからこうやって気に掛けてるのに、何でこんな簡単な質問にも答えてくれないの？　何か後ろめたいことでもあんの？」

亜愛に聞こえないよう、僕は小さく溜息を吐いた。

亜愛のこういうところが僕は苦手なんだ。スクールカースト上位で人気の高い亜愛だが、それゆえか何もかもを自分で把握し、関与しないと気が済まないきらいがある。同じように彼女の過干渉を疎む生徒もいるが、本人の影響力が大きいせいで正面切って指摘できないのだ。

だから今回、彼らの代わりに僕がはっきりと亜愛に言ってやることにした。

「しつこいぞ、亜愛には関係ないだろ。そうやって根掘り葉掘り人のことを探ろうとする癖、いい加減直せよ」

亜愛に特別な感情を持たない僕は、べつに彼女から何と言われても気にしない――そう思っての発言だったのだが。

「そう。あんたにとっては、自分を失望させた女のことがそんなに大事なんだね」

「は？」

心底呆れたような亜愛の発言に、僕は完全に意表を突かれてしまった。

話の筋が見えず困惑する僕を他所に、亜愛は僕への興味を失った様子で踵《きびす》を返す。

「アホらし、もういいよ。凱人のこと見損なった。好きにしたら」

突っかかってきたのはそちらなのに、どこまでも身勝手なひと言を残し、亜愛は立ち去っていく。

そんな彼女を見送る僕の中には、自分でも整理しきれない雑多な感情が渦巻いていた。

「……っていうことがあったんだけど」

その日の夜、僕は夢世界で、開口一番、亜愛とのやり取りを報告した。

亜愛の名前を聞いた瞬間、未沙乃の表情が目に見えて曇った。その反応を見て僕は、亜愛の言葉が出任せでないことを予感し、未沙乃に問いただした。

「僕が未沙乃のせいで失望したって、どういうことだ？　そもそも未沙乃って亜愛と何かあったのか？　ちょっと失礼かもだけど、ふたりに接点があるってのにびっくりしたっていうか」

地味で内向的な未沙乃と、派手で交友関係の広い亜愛。ふたりは清々しいほど対極の印象だし、クラスも違う。

未沙乃は視線を落とし、得心したように呟く。

「そっか。やっぱり亜愛が言っていたサッカー部員って、凱人のことだったんだ」

未沙乃の言葉からも僕が当事者であることは察せられるが、それ以上のことが何もわからない。

「僕には何のことだかさっぱりなんだ。悪いけど順を追って説明してくれないか？」

藁にも縋る思いで僕が希《こいねが》うと、未沙乃は頷き、その場にふたつの椅子を生み出して言った。

「わかった。ちょっと長くなるけど、それでもいいなら」

「この世界で時間を気にしたことなんて一度もないよ。全部聞かせてくれ」

即答のあと、僕は椅子に腰掛ける。
未沙乃は僕に続いて座り、今日までの経緯を語り始めた。

4章

人を不幸にする空想

学校なんて退屈で面倒なだけ、早く帰って友達と遊びたい。

小学生のそんな常識は、当時小学六年生の私には当てはまらなかった。

ピアノ・水泳・英会話と、当時習い事を三つ掛け持ちしていた私は、放課後になっても友達と遊ぶ暇などなかった。水泳で疲れた体に鞭打ち、電子オルガンで課題曲を練習し、英語の文法の復習をする。いずれもスパルタで有名なスクールで、成果には母が厳しく目を光らせていたため、手を抜くことなど許されなかった。

極め付けは就寝時間だ。早すぎてもダメだが、遅すぎてもダメ。二十二時まで勉強し、八時間の睡眠を経て、六時から登校時間まで勉強する、それが母の理想のスケジュールだ。しかし厳格に睡眠を管理されると、却ってプレッシャーで寝付きが悪くなる。不足した睡眠は学校の授業中に寝ることで補ったものの、スイミングスクールがある水曜と木曜は特段に憂鬱だった。一度だけ溺れかけたこともある。

ある日、授業中や休み時間にしばしば寝落ちする私に気付き、担任の先生が事情を訊いてきた。習い事がたくさんあって大変なことをそれとなく話すと、親身になって聞いてくれた先生は、『ご両親に習い事が大変だって言ってごらん、きっと何とかしてくれるよ』とアドバイスした。

先生の言葉に背を押された私は、その日の夜、体力の限界でスイミングスクールを退会したい旨を母に伝えた。『ずっと続けてきたのにもったいないじゃない。もうちょっと頑張れないの？』と難色を示す母に、私が一貫して低姿勢で希望を伝えると、見兼ねた父が話に割り込んできた。

「なぁ、未沙乃がこう言ってるなら、もう辞めさせてやろうよ。幼稚園からずっとやってきて、もう充分頑張ったじゃないか。これ以上続けたって水泳選手になれるわけでもなし」

「なんてこと言うの、自分の娘に向かって！　もしこれから未沙乃の水泳の才能が大きく伸びるようなことがあったらどうするのよ！　一度きりの未沙乃の人生なのに、月謝惜しさに無責任なこと言わないでよ！」

「何だその言い方は！　未沙乃を口実にお前は自分がやりたいことをやらせているだけじゃないか！　そんなに未沙乃の習い事が素晴らしいと思うなら、まず自分でやってみたらどうなんだ！　お前自身は水泳も英語もピアノもからっきしなくせに！」

「もうやめてよ、ごめんね、私やっぱりスイミング続けるから……」

泣きじゃくる私に、もはやふたりとも目もくれない。結局スイミングスクールの退会は認められたものの、当て擦りのような即退会で、お世話になったコーチやスクールの友達に挨拶することすらできなかった。私の中にあったのは、余計なことを口走った後悔だけだった。

　その日を境に、母は露骨に私に対してつらく当たるようになった。

　調味料や道具の場所を訊いても「自分で捜しなさい」の一点張り。私の前でわざと不機嫌そうに溜息を吐いたり大きな足音を立てたりする。英会話教室の小テストやピアノ教室の評価が振るわない時の感情的なお小言も以前より増えた。ひとつひとつは大したことがなくても、それが毎日のように積み重なれば重荷になる。

休日に家を出る時も、私は母のささやかな悪意に晒された。

「お母さん、図書館で勉強してくるね」

「ふぅん、図書館に行く体力はあるのね」

冷たい視線と嫌みを向けられ、私の体が竦む。小さく「ごめんなさい」と言い、凍えそうな気持ちで外に出る。玄関のドアが閉じた時、私の目頭はすっかり熱くなっていた。

その時はまだ、母が姉家族へのコンプレックスを抱えていることを知らなかったこともあり、私はいつも自分を責めていた。

大人が、まして母親が、子供に対して間違ったことを言うはずがない。私がちゃんとしていないからダメなんだ。従姉妹のアオイちゃんみたいにすごくないから。スイミングスクールを辞めたいなんてワガママを言ったから。

しかし『ちゃんとしなきゃ』と思うほどプレッシャーで集中できなくなる。習い事が多かったせいで遊んだり相談したりできる友達もいない。そんな悪循環によって私の世界は閉ざされてしまっていた。

図書館で学校の宿題と英会話教室の課題を済ませた私は、帰路に就かず、ある場所に向かっていた。

まだ築年数が浅く、数百世帯は入居できるだろう巨大マンション。その敷地内に、住民でない私は勝手知ったる振る舞いで踏み入る。

喫茶店やフードコートはお金が掛かるし、図書館は勉強と読書しかできない。近所の公園は騒がしいうえに埃っぽくて集中できない。暇を見付けてあちこち探し回った結果、辿り着いたのがこのマンションのエントランスにある共用ベンチだった。

屋外だが清潔な簡易テーブル付きで書きものが楽だし、植木の陰にあるため人目もさほど気にならない。ちょっとした公園ほどの広さを持つそこが、居住者専用の憩いの場であることは知っていたものの、人通りが少ないその場所を私は気に入っていた。

鞄から筆箱とノートを取り出し、簡易テーブルに広げる。

ノートに描かれているものは、数式でも英語でもなく、フリーハンドでコマ割りされた拙い漫画の数々だ。

日常がつらい。しかしそのストレスの吐き出し方がわからない。そんな私にとって、自作の漫画は唯一と言っていい心の拠り所だった。

空想のキャラクターやストーリーを一心不乱に描くと気持ちが落ち着く。苦しい経験を基にストーリーや心理描写を上手く描けると報われた気分になる。これまで描き上げたたくさんの絵を見返すとちょっぴり自信が湧いてくる。世界が少し明るく開けたように感じる。何の変哲もないノートは、私にとっての宝物だった。

ペンを手に取り、私は新たなページに絵を描き始める。今描いているのは国語の授業で読んだ『かぐや姫』をモチーフにしたオリジナルの漫画だ。

竹から生まれたかぐや姫は求婚してきた王子たちに無理難題を吹っ掛け、すべての王子が匙《さじ》を投げたものの、とある身分の低い青年が勇気と知恵で品物をすべて調達する。時を同じくして月の国から圧倒的な兵力を持つウサギ部隊が派遣される。かぐや姫、青年、そして月の国の王は、実はそれぞれ異なる目的で動いていて――。

描き上がった二ページ分の漫画を矯《た》めつ眇《すが》めつしながら、私は眉根を寄せて唸った。

「……うーん、やっぱり何か違うなぁ。プロの漫画家さんって、どうやって漫画の練習してるんだろ……」

絵は少しずつ上達している自負があるが、漫画という形に落とし込むのがどうにも上手くいかない。コマを細かく区切るとくどくなるし、かと言って省きすぎると展開が唐突になってしまう。『何となくスラスラ読める漫画』というのが如何にすごいものか、私は描く側になってから嫌というほど思い知らされた。

今は細かなコマ割りにこだわるよりも、いろんなキャラクターをいろんな角度から描けるようになる方が先決かもしれない。そう考えた私は心機一転ペンを手に取った。その瞬間、唐突に声を掛けられた。

「ちょっとあなた、いいかしら」

「はっ、はい!?」

上擦った声で返事をしながら振り返ると、そこには清掃道具を持った中年女性がいた。共用部の清掃員だ。

私を見る清掃員の目付きは、お世辞にも友好的とは言い難い。

「あなた、よくここで見掛けるけど、何階の子？」

「え、ええと、実は私はここに住んでいなくて……」

咎めるような問い掛けに、私が狼狽《ろうばい》しながら答えると、清掃員は聞こえよがしに溜息を吐いて言った。

「やっぱり。あのね、ここはマンションの住人以外は入っちゃいけない所なの。入口にもそう書いてあるでしょ？　名前と学校教えなさい、連絡するから」

「ごっ、ごめんなさい！　私、ダメだってこと知らなくて、次からはもう来ないので学校には……」

口早に責め立てる清掃員の迫力に気圧され、私はノートと筆箱を鞄に片付けながら、泣きそうになって弁解した。先生と母に知られたら、どんな説教が待っているかなんて考えたくもない。

清掃員の表情に私への同情はない。万事休す、と私が覚悟を決めたその時。

「あーっ、ごめんね、待たせちゃって！」

底抜けに明るい声が割り込み、私と清掃員は揃って目を丸くした。

声の方向に目を遣ると、そこには髪をツインテールにした気の強そうな女の子が立っていた。名前はうろ覚えだが、別のクラスで彼女を見かけたことがある。

レジ袋を提げた少女は、私の腕を摑むと、有無を言わさずグイグイとマンションのエントランスへと引っ張っていった。

「いやー、どのお菓子を買うか迷っちゃってさ！　ほら、早く私んちで遊ぼう！　ほらほら！」

「え、ええ……？」

私を問い詰めていた清掃員は呆気に取られてこちらを見ていたが、やがて正面ドアに隠れて見えなくなった。

エントランスは美しい大理石と暖色の照明のお洒落な内装で、私はここが想像以上の高級マンションであることに初めて気付いた。

自動ドアが閉じたところで、少女は私から手を離してはにかんだ。

「ふぅ……間一髪だったね」

その笑顔を見て私もまたようやく緊張を解き、同時に彼女の名前を思い出した。

糸名亜愛。いつもたくさんの友達とつるんでいる派手めな女子で、私とは対極にいるような存在だ。

私は姿勢を正し、亜愛に頭を下げた。

「助けてくれた……んだよね？　ありがとう。でも、何で？　ここに住んでいるの？」

「うん。ていうか、ああいうの、ちょっと憧れてたんだよね。困ってる子を颯爽と助けるみたいなの。あと、何してるのか私もちょっと気になったし」

亜愛は『気にするな』とでも言うように片手を軽く振ると、私の鞄に視線を向けて尋ねた。

「あんた、あんな所で何してたの？　勉強？」

「ええと……漫画を描いてたの。この辺で静かに描ける場所、あそこくらいしかなくて」

指先をもじもじと弄くり回しながら私が答えると、亜愛は驚嘆の声を上げた。

「漫画!?　すごっ、それって『ONE PIECE』とか『NANA』みたいな？」

「そっ、そんなすごいのじゃないよ。見よう見真似っていうか、本当に趣味で描いているだけのやつだから……」

恐縮してさらに縮こまる私とは対照的に、亜愛はエレベーターのボタンを押し、ずいと詰め寄ってきた。

「ねぇ、それウチで私にも読ませてよ。兄貴が漫画いっぱい持っててさ、実は結構詳しいんだよ」

そのまま私はなし崩し的に亜愛の家にお邪魔させてもらい、私の漫画を亜愛に読ませたり、逆に亜愛が持っている漫画を読ませてもらったりして過ごした。本物の漫画に比べて私のそれは紛いものの未満だったろうけど、亜愛は目を輝かせて私の漫画を褒め、私は謙遜しながらも満更でもない気持ちになった。

その日のことがきっかけで、私はたびたび亜愛の家に遊びに行くようになった。あえて言葉にはしなかったけど、私は亜愛と友達になったと思っていたし、亜愛もきっと同じ気持ちだったと思う。

亜愛には中学生の兄がおり、彼が私に愛想よくしてくれたのも、亜愛への信頼を深めた一因だった。

「すみません、この漫画、ちょっと貸してもらってもいいですか？」

「どうぞどうぞ！　未沙乃ちゃんみたいな可愛い子にならいつまでも貸してあげるよ」

細身の亜愛と違って恰幅のいい兄を、最初は怖く思っていたものの、彼はいつも私に気さくに接してくれた。

私がお礼を言ったあと、亜愛は刺々しい言葉で兄を突き放す。

「調子に乗んな！　ったく、女の子の前だからって格好付けて」

「い、いいことじゃん。格好付けようともしないよりはずっと……」

「未沙乃ちゃんはいい子だなぁ、亜愛の代わりにウチの妹になってよ」

兄妹の性か、亜愛は事あるごとに兄に突っかかっていたが、慣れればそれも漫才のようなものだった。

ある日、いつものように亜愛の自宅で遊んでいた時のこと。私が何気なく呟いたひと言が大きな転機となった。

「えぇ？　ミサ、漫画描いてるのに『コナン』も『ハガレン』も『ＮＡＲＵＴＯ』も読んだことないの？」

有名所の漫画をことごとく知らないと言う私に、亜愛は怪訝な声を上げた。

貶《おとし》める意図がないことはわかっていても、無知を指摘された事実そのものに私は肩身が狭くなってしまう。

「うん、家の方針的に漫画は買ってもらえないんだよね。お小遣いがもらえないからお年玉だけでやりくりしなきゃいけなくて、中古の本屋さんで立ち読みしたり、本当にほしいと思ったものだけ買ったりすることしかできなくて」

私の答えを受けても、亜愛は尚も釈然としない様子だ。

「じゃあ何でミサは漫画を描こうと思ったの？　フツーはさ、漫画をいっぱい読んで『私も描きたい！』ってなるもんじゃないの？」

私は口元に手を当て、考え込む。

「そうだね。あんまり理由を深く考えたことはないけど……現実は私にとってちょっと息苦しいから、かな」

出てきた言葉は、どことなく他人事のような色を伴っていた。

私はカーペットに視線を落とし、両手の指を絡ませながら訥々《とつとつ》と続ける。

「私、口下手だから自分の気持ちを上手く伝えられなくてさ。人を怒らせるのが怖いから大抵のことは我慢しちゃうし、たまに勇気を出して言葉にしてみても、やっぱり私が嫌な気持ちになるだけで何も変わらなかったり。家族にも友達にもなかなか本音で接することができなくて、心の中ではずっと『私はこの世界でひとりぼっちなのかな』って思ってたの」

亜愛は何も言わず、私の言葉に真剣に耳を傾けている。

亜愛への信頼を新たにした私は、これまで誰にも話さなかった大事な気持ちを吐露した。

「去年、従姉妹のお姉ちゃんに漫画をもらったんだ。『ジュブナイルの贖罪《しょくざい》』っていうタイトルで、四人の高校生が抱える一見バラバラな悩みが、最終的に一本の解決策に集約される話。上下2巻の短い漫画なんだけど、何度も夢中になって読み返して、そのたびに新しい発見があって、最後まで嫌な奴だなぁと思っていた子の気持ちもだんだんわかるようになって……まぁ繰り返し読んだのは、それしか読む漫画がなかったからなんだけどね」

私ははにかんで付け加えた。ヒナの刷り込みのようなものかもしれないけれど、それがあの漫画だったことが、私は幸運だったと思っている。

私は窓の外に視線を向け、遠い空の下にいる従姉妹を思って言った。

「従姉妹のアオイちゃんはすごく頭がよくて、ウチと違って結構ゆるい家らしいんだけど、北海道に住んでるから年に一回しか会えないの。そんな何もかも違う環境の従姉妹と、同じ作品を読んで同じように感動できたことが、何だかすごいことだって思えてさ……上手く言えないけど、『私はひとりじゃない』って勇気がもらえた気がしたの。だから私も、同じ気持ちを抱える人に、そういう想いを届けてあげられたらなって」

話が一段落して亜愛に視線を戻すと、亜愛は口を半開きにして私を見つめていた。

まるで何かすごいものを見たような亜愛の表情を見て、私は自分が話したことを思い出し、顔が熱くなるのを感じた。

「な、何だか真面目な話になっちゃって恥ずかしいな。べつにそんな大袈裟なアレじゃないよ、ただ漫画を描くのが楽しいってだけ。漫画を描くといろんな気持ちが吐き出せてすっきりするっていうか……」

「すごい格好いいよ、ミサ！」

私の言い訳めいた言葉を遮り、亜愛はそう声を弾ませた。

今度は私が唖然とさせられる番だった。言葉を失う私を前に、亜愛は立ち上がり、拳を握って宣言した。

「面白い漫画って、そんな風に誰かの人生を変えてくれるんだね！　よし、決めた！　私も漫画家になる！」

「え、えぇ？　そんないきなり？」

同志が増えた喜びよりも、亜愛の思いきりのよさに対する困惑の方が勝った。

威勢のいい宣言から一転、亜愛は顎に指を当てて唸る。

「んーでも私、絵を描くのすんごい苦手なんだよね。棒人間すらまともに描けないレベルだし。ミサに教えてもらえば上手くなれるかな……」

その言葉を聞いた私の頭に、あるアイデアが浮かんだ。

考えるよりも早く、私はそれを口にする。

「あのさ、それじゃあ私と亜愛、ふたりで漫画描くってのはどう？」

私自身も驚くほど、その提案は滑らかに口を衝いて出た。ともすればそれは、心の奥底でずっと燻っていたアイデアだったのかもしれない。

亜愛は目を瞬き、私の提案を復唱する。

「ふたりで漫画を？」

「うん。ほら、原作と作画をそれぞれ違う人が担当している漫画ってよくあるじゃん。私たちでそれをやるの。亜愛が原作で、私が作画。どう？」

亜愛の顔が、パッと花開くように輝いた。

私の手を取り、亜愛は何度も頷いて言った。

「それ、すごくいいアイデアかも！　やってみよう！」

「私たちふたりなら、きっと最高の漫画が作れるよ！　亜愛の素敵なアイデア、期待してるから！」

私と亜愛は笑い合い、迷うことなく指切りを交わした。約束を違えないための、小学生の儀式。

亜愛が私の提案を受け入れてくれたこと、そして志をともにする友人ができたことに、私は深く感動していた。

この道の先に輝かしい未来が存在すると、無邪気に信じて。


小学生の口約束にしては、ふたりの漫画の共作は長続きした方だと私は思っている。

亜愛はもともと凝り性だったようで、彼女の漫画に対するやる気には、しばしば私の方が圧倒されたほどだった。亜愛がノートにびっしり書いたアイデアや設定から、私が面白そうだと思ったものをピックアップし、それを基に亜愛がストーリーを考える。交友関係が広い亜愛からは私では思い付けないようなアイデアがいくつも生まれ、私は素直に感心していた。私より漫画の読書量が多いことも一因だったのかもしれない。

それらのアイデアを複数組み合わせて作り上げた『呪われたエレメント』という作品は、当時の私たちにとって大傑作だった。

精霊の暴走により、海面の凍結・街の水没・火山の噴火・密林の発生という四つの異常気象に見舞われた日本を救うべく、少年少女が力を合わせて立ち向かう話。主人公たちも精霊たちも個性豊かで、私の画力が追い付いていないことに歯がゆい思いもしたものだが、亜愛の「やっぱりミサの絵は最高だよ！」という褒め言葉のおかげで楽しく描き続けることができた。

中学校に上がった頃、私は亜愛の提案でその漫画を雑誌の月例賞に応募したり、インターネットにアップロードしたりした。結果はさほど振るわなかったが、月例賞の講評をもらった時は、亜愛と一緒に興奮しながら編集者のコメントに目を通した。コメントは『目新しさに欠ける』『画力が乏しい』と辛辣なものであったが、『次の作品に期待しています』というひと言ですべてが報われたような気分になれた。自分も創作者の端くれであるという自覚が、私に結果以上の充足感を与えてくれていた。

学校に行けば亜愛がいる。早く学校に行きたい。新しい物語を亜愛と作りたい。その頃の私は、明日が来るのが待ち遠しくてならなかった。

雲行きが怪しくなり始めたのは、中学二年生の初冬に差し掛かった頃だ。

引っ込み思案な私と違って亜愛は友人が多く、行動を別にすることも珍しくなかった。それ自体は何も気にしてはいなかったのだが、二学期が始まってから亜愛がよそよそしい態度を取り始めたことを、私は気に掛けていた。催促しても『調子が悪いから』と答えるばかりで、もう一ヶ月も彼女のアイデアノートをもらえていない。仕方なくひとりで漫画を描いていたものの、出来上がった作品はどうにも味気なさが拭えなかった。

ある日の放課後、私は亜愛の帰り際を狙い、声を掛けた。

「亜愛、シナリオの調子はどう？　上手く行ってないなら相談乗るよ」

亜愛は生みの苦しみに耐えながら、頑張ってアイデアを形にしているのだろう。そう信じてやまなかった私の気持ちは、亜愛のひと言であっさり裏切られた。

「あー……あのね、ミサ……もうさ、そういうのやめにしない？」

髪を弄くる亜愛の歯切れの悪い答えを、私はすぐに呑み込むことができなかった。

聞き間違いを疑い、私は素っ頓狂な声で問い返す。

「え？　やめるって、漫画を？　何で？」

「こんなことしたって意味ないよ。漫画なんて子供っぽいものにいつまでもこだわってる暇があるなら、もっとやるべきことが他にあるでしょ。勉強とか部活とか、友達との時間を大事にするとか」

手を伸ばせば届く距離にいる亜愛が、その時の私には果てしなく遠い存在に思えた。

逸る心臓に手を当て、私は重ねて問う。

「亜愛、シナリオ考えるの嫌になったの？」

「……そんなんじゃない。でもわかるでしょ。意味がないんだよ、こんなこと続けても」

亜愛の言葉は、これまで聞いたことがないくらいの苦々しさを帯びていた。

同時に私は察した。亜愛の心にはもう、私とも漫画とも、越えられない壁があるのだと。

その理由の一端に責任を感じつつ、私はせめてもの感謝を亜愛に伝えようとした。

「私は亜愛と一緒に漫画を作るの、すごく楽しかったよ。たしかに月例賞の結果は箸にも棒にも掛からないし、ネットでもろくに反応をもらえてないから、亜愛が嫌になっちゃう気持ちもわかる。漫画家になりたいなんて夢に無理に付き合わせてごめんね、これからは私ひとりで……」

「そうじゃなくて！　漫画家になれるなれないじゃなくて、その夢自体に意味がないって言ってんの！」

亜愛の攻撃的な語調に遮られ、私は目を丸くした。

肩を激しく上下させる亜愛の剣幕は、どう見ても普通ではない。

「亜愛、どうしたの？　何があったの？」

私の問い掛けにあったものは純然たる困惑だった。ただ漫画家の夢を諦めただけで、亜愛がこんな態度を取るとは思えない。

亜愛は冷めた目を足元に向け、吐き捨てるように言った。

「私の兄貴、三ヶ月前から引きこもってるの」

息を呑む私に、亜愛は鼻で笑いながら早口で続ける。

「高校入試に落ちて、滑り止めの高校でもひどい成績を取ってるのが精神的に来たみたい。一日中自分の部屋に閉じこもって、やることと言えば漫画とかアニメを見ることとくらい。親と私が何か言っても『これはクリエイターになる夢を叶えるために必要な勉強なんだ』って喚くばっかりで聞く耳持ちやしない。笑えるよね、自分が漫画にかまけて勉強しなかったのが悪いのに、あまつさえ何もしない言い訳に『夢』なんて立派なものを持ち出してさ。断言するけど、兄貴がクリエイターになることは絶対にないよ。アレが行き着く先はニートだって目に見えてる」

私は言うべき言葉が見付からなかった。

亜愛は気が強いきらいはあるものの、決して根拠もなく他人を扱《こ》き下ろすような性格ではない。かつて私に愛想よく接してくれた彼の、そして糸名家の現況を推し量ると、私はいた堪れなかった。

亜愛は短く溜息を吐くと、上げた視線を私に向けた。

「私の言いたいこと、わかるでしょ。漫画が兄貴をそうしたの。くだらない想像の産物に囚われて、できもしない夢を見て、兄貴は見るに堪えないくらい堕落しちゃったの。やっと気付いたよ。創作は何の役にも立たないどころか、人を不幸にするものなんだって」

亜愛の冷たい視線に射竦められながらも、私は気力を振り絞って反論した。

「私はそうは思わない！　素敵な漫画は人を救うものだって、私はそう信じて……」

「でも私の兄貴は救ってくれなかったんだよッ！」

亜愛の大声は、悲鳴のような響きを伴っていた。

耳鳴りがするほどの沈黙の中、亜愛は静かに切り出す。

「もう無理なんだよ。漫画のシナリオを考えようとすると、ずっと言い訳がましくアニメの感想やら、漫画の奥深さやらを語る兄貴の顔が浮かんで、ぜんっぜん楽しいと思えないの。あんな奴と同じものを目指しているって思うだけで鳥肌が立つんだよ。夢だの正義だの希望だの、全部都合のいい綺麗事だとしか思えなくなっちゃったんだよ」

私は何も言えなかった。実際にそれを体験した亜愛を前にしては、否定の言葉は何の説得力も持たない。

亜愛は泣き笑いのような表情になり、私に迫った。

「ね、だからミサも、もうやめようよ。そもそも漫画家なんてひと握りの天才にしかなれないって。世の中には私たちが作った漫画より何百倍も面白い漫画がいくらでもあるんだよ。それをたまに読んで楽しめば充分じゃん。それともミサは、自分の漫画の方が面白いとでも言うつもりなの？」

多分、その時の亜愛が欲していたのは意見ではなく同意だった。熱意を注いでいたものを心置きなく手放すための、簡単な諦めの言葉だった。それさえ言えれば、ことによれば今も私は亜愛と友達でいられたかもしれない。

私は瞑目し、次に発すべき言葉を真剣に考える。

「——つらかったんだね。亜愛の気持ちは私にもわかる……って言うべきところかもしれない。それでも、亜愛の気持ちを尊重して、その上で私は言うよ」

そして、開いた目で真正面から亜愛を見つめ、真摯に答えた。

「私は空想の力を信じたい。私は自分が描いた漫画で、少しでも人の心を動かしてみたいんだ。世の中には素晴らしい漫画がたくさんあるけど、私の中にある物語を形にできるのは、私しかいないから」

親友の亜愛を裏切る真似はしたくない。

だけど、そのために自分の気持ちを裏切ることは、もっとできない。

私の答えを聞いた亜愛は、深く深く息を吐いたあと。

「……そう。ならいいよ、好きにすれば」

諸々の感情を噛み潰したようなひと言を残し、私のもとから去っていった。


以降、亜愛は私と友達だったことなど忘れたかのように他人行儀な態度に終始し、私もまたひとりで漫画制作に興じる日々に戻った。

クラスメイトとSNSやお洒落に興じ、男子の評価も高いキラキラした亜愛を見るたび、やはりそもそも住む世界が違ったんだなと痛感させられた。

それでもふとした時に、私は夢想せずにはいられなかった。亜愛の隣に、あの輪の中に、今も私がいたかもしれない現在を。

小学生の頃、スイミングスクールを辞めたいと言った時のことを思い出す。あの時も私が母親に意見した結果、長きにわたって家族関係に軋轢が生じてしまった。

自分はまた同じ過ちを繰り返してしまったのだろうか。上っ面だけでも亜愛に同調しておけば、こんな風に思い悩むことはなかったんだろうか。自分がこれまで意地になって漫画を描いてきたのは、こんな惨めな孤独を味わうためだったんだろうか。

私の中に残ったものは、信念を貫いた達成感などではなく、漠然とした自己嫌悪と後悔ばかりだった。

親友との縁が切れ、気の抜けた態度が表に出ていたのかもしれない。

「ねぇ未沙乃、そろそろ高校受験を見据えて塾に通った方がいいと思わない？　ピアノも英会話も辞めていいわよね。未沙乃、もう充分すぎるほど頑張ったし」

夕食の席で母からそう持ち掛けられたのは、亜愛との決裂から間もなくのことだった。

私は気付いていた。母の穏やかな物腰の中には、ピアノも英会話も『これ以上続けても無駄だろう』という見切りが含まれていたことに。

その上で私は、愛想笑いを浮かべて答えた。

「……うん、そうだね。私もその方がいいと思うよ」

勝手にあれこれ決め付けられることにいい気はしないが、ここで反発するほど私は愚かではない。習い事が塾に一本化されるなら負担は大幅に減るし、それで母の溜飲が下がるなら一石二鳥というものだろう。

紆余曲折を経て手に入れた穏やかな日常は、束の間の幻想だった。

「何でもっと慎重に未沙乃の進学先を考えてくれないのよ！　せっかく私立の方もいろいろ準備してたのに、これじゃ無駄骨じゃない！」

「それの何が問題なんだ！　未沙乃が『近い方がいい』と言っているんだし、偏差値や進学実績も充分だろう！　どうしてお前はいつもいつも未沙乃そっちのけで話を進めようとするんだ！」

「そういうあなたは未沙乃のことなんてどうでもいいからそんな風に大雑把になれるのよね！　どうせ本心じゃ学費が安く済んでラッキーくらいにしか思ってないくせに！　あなたがそんなだから未沙乃はアオイちゃんとどんどん差を付けられちゃうのよ！」

「お前、自分のお姉さんへのコンプレックスも大概にしろ！」

相も変わらず、両親は私を巡って大喧嘩。もはや私は仲裁する気すら起きず、トラブルの気配を察するやそっと距離を置くばかりだった。四十年以上の歳月を掛けて構成された大人の性分が、私ごとき小娘のひと言で変わるわけがないのだ。

他人を思い通りにしようとしてはいけない。そうすることが許されるのは、自分で描いた漫画だけ。日常のフラストレーションも漫画を描く上では立派な糧になる。その事実だけが私の精神を支えてくれていた。

県立高校への入学は私の希望だったが、糸名亜愛も同校に進学していたのは誤算だった。

とはいえクラスが違うこともあり、廊下で鉢合わせしてもお互い口を利くことすらなく、一ヶ月もする頃には気にも留めなくなっていた。

高校生活は可もなく不可もなくという所感だった。塾通いのため部活や同好会には所属できなかったが、世間話をする程度の友達には恵まれたし、私の趣味を嘲笑するようなクラスメイトもいなかったから、自宅よりも断然居心地がいいくらいだった。

夏休み明け、二学期が始まったばかりの休み時間。私がいつものように練習のスケッチをしていると、クラスメイトの女子に声を掛けられた。

「夕霧さんって絵が上手いよね。もしよかったらウチの新聞で漫画の連載してみない？」

「連載？」

私の鸚鵡《おうむ》返しに、彼女は鷹揚に頷いて説明する。

「うん。ウチの新聞部、月に四回『小斗井新聞』ってのを発行しているんだけど、その中に漫画の連載枠があって、漫画を描ける人に依頼しているの。部活の一環だから報酬は出せないんだけど、掲載した漫画は単行本にして文化祭で売っているんだ。どうかな？」

おそらく彼女としては、それなりの絵を描ければ誰でもよかったのだろうが、単純な私はその話を聞いて浮かれた。曲がりなりにも大勢の生徒の中からスカウトされた特別感と、〝連載〟と〝単行本〟という響きに強い憧れを抱く漫画家志望の性のために。

「へー、ちょっと興味あるかも。何かテーマとかはあるの？」

「あまり過激な描写にならないように気を付けてくれれば、基本的には自由に描いても

らって大丈夫だよ。日常系でもファンタジーでも。ただテーマがある方が描きやすいって
ことなら、読者……つまりウチの生徒を応援するような内容だといいかな。部活とか勉強
とか、そういう頑張っている人を励ます方向性で」
彼女の話を聞いて、私は俄然やる気が出てきた。これは自分が漫画家を目指す上で、必
ず役に立つ経験だ。
「うん、わかった！　やってみるよ！」
そう意気込む私の声音は、高校入学以来、最も活気に満ちていた。

新聞部担当者と摺り合わせた結果、私はサッカー部を題材に連載することにした。生徒
を励ます内容となると勉強かスポーツを取り上げるのがセオリーだが、勉強は絵面が地味
だし、私がルールをよく把握しているスポーツはサッカーくらいしかない……理由はその
程度だ。
九月中旬から行った四回の連載は、それなりに充実した経験だった。ネームを作って担
当者に見せる時は毎回『プロみたいだな』と思えてワクワクしたし、自分の漫画が紙面に
載っているのを見ると、恥ずかしいような誇らしいような気持ちでいっぱいだった。学校
新聞を律儀に読んでいる人なんて少数派だろうけれど、それでも物理的な成果物があるこ
とは、ネット公開とはまたひと味違う達成感を味わえた。
無事に連載期間を満了した、十月の中旬頃のことだ。

新聞部の申し出で、私は再び連載を持つことになった。『読者からの評判がよかったので次も是非』という誉め言葉がどこまで真実かは不明だが、自分の漫画が必要とされるのは純粋に嬉しい。

いいことばかりじゃなかったけど、大好きな漫画を描き続けてきてよかった。やっぱり信念を貫けば必ず道は拓けるんだ。

私はやっと、自分のことを少しだけ好きになれたように思えた。

完成した新しい漫画原稿を新聞部に納品しようとした、その矢先のことだ。

「ねぇ、ミサ、ちょっと来て」

放課後の人気《ひとけ》のない廊下で声を掛けてきた人物に、私は口元を引き結んだ。

糸名亜愛。高校生になり、彼女の容姿はさらに磨きが掛かっていた。

亜愛の醸す雰囲気は、お世辞にも友好的とは言い難い。訝しく思いながらも、かつての友人のよしみとして、私は努めて明るい声で応じた。

「亜愛、どうしたの？　そっちから声を掛けてくるなんて珍しいね」

答える代わりに、亜愛は軽く手招きし、私を屋上に続く階段に誘導した。

誘われるがままそちらに向かい、屋上の扉前に立ったところで、亜愛は切り出した。

「ミサ。前に私が言ったことは、やっぱり正しかったよ」

「え？」

理解が及ばない私に構わず、亜愛は続ける。

「漫画が人を不幸にするって話。ミサ、小斗井新聞でサッカーの漫画を連載してたでしょ」

「う、うん。それがどうかしたの？」

亜愛が私の漫画を——というより小斗井新聞を読んでいるのは少し意外だった。記事のほとんどは学校行事だの部活の試合結果だのを載せているだけの退屈な内容だ。

亜愛は肩を竦め、口の端を吊《つ》り上げて薄く笑う。

「バカみたいにご都合主義的な内容だったよね。手も足も出ない強豪校に、絆の力なんてわけのわからない理由付けで勝って、『強い気持ちで挑めば夢は必ず叶う』なんてさ。あんた、サッカーのこと何も調べないで描いたでしょ？　本気でサッカーをやってる人があれを読んで何を思うか、ちょっとでも考えた？」

「な、何があったの、亜愛？」

攻撃的な言葉の数々に、私が戸惑いながら訊くと、亜愛は形だけの笑みを消し去って答えた。

「ウチのサッカー部はね、秋の県大会の二回戦目で敗退したの。それで最近、部員がひとり退部したんだよ」

亜愛の言葉を聞いても、私は真意を測りかねていた。彼の退部の件と自分の漫画がどう関係していると言うのか。

視線で問い掛ける私に、亜愛は軽蔑の眼差しをもって応じる。

「他の部員との仲はよかったし、試合に出られるレギュラーだから、一年生のこの時期に辞める理由なんてないはずなの。本人に訊いても理由は話してくれなかったけど、私は確信している。あんたが描いたバカみたいな漫画が、一番のきっかけになったんだって」

「そ、そんなこと、何で亜愛に断言できるの!?」

「私はたしかに聞いたんだよ。そいつが他の部員に、『新聞のスポーツ漫画を読んだら頑張っても意味ないと思えてきて辞めた』って話してるのを。そりゃそうだよ、あの号にはサッカー部の敗退についての記事も載っていたんだから。部員じゃない私だって、あの新聞を読んでそう思ったよ。『気持ちが強ければ絶対に勝てる』なんて、そんなんで勝てたら誰も苦労しないんだよ。あんたはウチのサッカー部のみんなに、『お前らは気持ちが弱いから負けた』って言ったようなもんなんだよ」

深刻な表情で俯き、拳を握る亜愛を見れば、私への当て擦りでデタラメを言っているわけではないことはすぐわかる。

心の拠り所にしていたものが脆く崩れるのを感じ、私の体温が失われていく。

「わ、私はそんなことを描きたかったわけじゃ……」

ささやかな反論を試みるも、亜愛は容赦ない舌鋒でそれを摘み取ってしまう。

「あんたにそのつもりがあったかどうかは関係ないんだよ。受け取った側が感じたことと、そのあとにもたらした結果がすべてなんだよ」

亜愛は一歩私に詰め寄り、対する私は一歩退く。

私が胸元に大事に抱える漫画ノートを、亜愛は憎しみさえ込めた目で睨んでいる。

「あんたは『空想の力で人の心を動かしたい』って言ってたよね。たしかに人の心は動いたよ。勇気じゃなくて諦めを与えられて、ひとりの高校生がサッカーをやめちゃったんだよ。ねぇ、あんたはこれでも『自分が漫画を描くことに意味がある』って言えるの？　これからも他人の迷惑も考えずに、自己満足のために漫画を描き続けるつもりなの？」

「違う！　私が作りたい漫画は、人に希望を与えるもので――」

一心不乱に首を振って言い募る私に、亜愛は業を煮やした様子で迫った。

「いい加減に目を覚ましてよ！　あんたの空想は、人を不幸にしてるんだよッ！」

亜愛の右手が鋭く閃き、私の胸を打った。

背後の下り階段を忘れてよろめいた私の足が空を踏み、体が大きく傾く。

内臓が浮き上がるような感覚に、私の肌がぞわりと粟立つ。

引き攣った表情の亜愛が一瞬だけ見えたような気がしたが、天地がひっくり返り、すぐに見えなくなってしまう。

受け身を取る暇もなく、右肩、そして側頭部へと強烈な衝撃が走り――。

⌛

未沙乃が語り終えると、しばらく夢世界に沈黙が漂った。

彼女の話を聞き、これまで不可解だったことのいくつかに合点が行った。

未沙乃の母親は、「学校が責任逃れみたいな妙な説明をしている」と言っていたが、それは屋上に続く階段で転落した未沙乃が発見されたからだろう。状況から察するに、亜愛は未沙乃の転落の真相に関して口を噤んでいる。

また、未沙乃がかつて「私の夢世界が凱人の助けになっていたんだ」と安心したように言ったのも、亜愛との一件が絡んでいたのだとすれば納得がいく。自分の漫画のせいで、名前も顔も知らないサッカー部員を退部させた負い目があったからこそ、未沙乃は誰かの救いになれたことに安堵していたのだ。

僕がサッカー部を退部したのは十月の中旬頃。未沙乃が事故に遭った――亜愛に突き落とされた時期と符合している。他に最近退部した一年はいないし、亜愛の発言が僕のことを指しているのは間違いなさそうだ。

その上で僕は、新たに湧いた疑問を未沙乃にぶつけた。

「……未沙乃の漫画のせいで僕がサッカー部を辞めた、って、亜愛はたしかにそう言ったのか？」

「うん……違うの？」

未沙乃の控えめな問いかけに、僕はきっぱりと首を横に振った。

「全然違うよ、今の話を聞いて僕もびっくりした。こう言うとアレだけど、僕は小斗井新聞に目を通したことってほとんどないし、サッカー漫画が連載されてたことも初めて知ったくらいなんだ。サッカー部を辞めた理由の説明はちょっと難しいんだけど……確実なのは、亜愛が完全な勘違いで未沙乃をこんな目に遭わせたたってことだよ」

僕が語気を強めてそう言うと、未沙乃は胸元に手を当て、ぽつりと呟いた。

「……そっか。私の漫画が、凱人を傷付けたわけじゃなかったんだ」

未沙乃の表情や口振りには亜愛に対する嫌悪が認められず、僕は不思議に思って尋ねた。

「怒らないのか？　亜愛にされたこと」

「怒るより安心したってのが正直なところかな。亜愛に言われた言葉、ずっと私の中に突き刺さっていたから」

そう答えてから、未沙乃はきまりが悪そうに小さく笑う。

「『サッカーのことを何も調べずに描いた』とか、『サッカー経験者が読んだらどう思うか考えてない』とか、実は図星だったの。私、自分が描いてて楽しい漫画を描くだけで、読んだ人がどう思うかってことを真剣に考えていなかった。だから亜愛に上手く反論ができなかったし、この夢世界に閉じ込められたことがわかった時も、実はラッキーだと思っていたの。また私の空想で人を不幸にするくらいなら、ここにひとりで閉じ込められたままの方がずっとマシだって」

「……ずっとつらい思いをしていたんだな、未沙乃」

未沙乃の儚げな笑顔が心苦しく、僕はそれだけ言うのが精一杯だった。

夢世界を生んだ未沙乃の心の闇は、僕の想像を遥かに超えて深いものだった。未沙乃がこの世界で明るく振る舞っていたのは、現実世界で味わった苦悩の裏返しだった。

　未沙乃のタイムリミットが刻一刻と迫る中、そんなことも知らずに夢世界を満喫していた、自分の呑気さに腹が立つ。

　だが、何にせよ知ることはできた。未沙乃が今なお夢世界に囚われているのは、おそらくは亜愛との一件が最大の要因であるということを。

　その上で自分に何ができるかを考え、僕は言った。

「明日、学校で亜愛に言ってくるよ。罪を認めさせて、償わせる」

　しかし、未沙乃は首を横に振り、諦観の滲《にじ》む声で答える。

「凱人の気持ちはありがたいけどさ、もういいんだ。今さら亜愛に何をしてもらっても状況は変わらないし、そもそも亜愛が素直に謝るとは思えない。それにどうせ、私はずっと夢世界にいるって決めているから」

「それって未沙乃の本心なのか？」

　いつになく真剣な僕の質問に、未沙乃はわずかに目を瞠ってこちらを見た。

　事態は深刻かつ一刻を争う。これはもう、少女の単なる現実逃避や友人との揉め事で済まされる話ではない。

　先日の記憶を掘り起こし、僕は重ねて尋ねる。

「未沙乃、前に『家族関係がよくなっても夢世界に留まりたい気持ちは変わらない』って言ってただろ。どうしてその時、亜愛のことを伏せていたんだ？　それは未沙乃の心のどこかに、『もし亜愛との件が何とかなるなら現実世界に戻りたい』っていう気持ちがあったからなんじゃないのか?」

「それは……」

言い淀む未沙乃の反応は、僕の推測を多分に裏付けている。

それだけじゃない。未沙乃がこれまで夢世界で実現した氷原や火山や密林……未沙乃は無自覚かもしれないが、僕が思うにあれらは亜愛と作った漫画『呪われたエレメント』が元ネタだ。未沙乃の心残りは、おそらく彼女が自覚している以上に根深い。

その心残りが解消され、未沙乃が目を覚ませば、治療方針にも新しい見通しが立つかもしれない。希望的観測かもしれないけど、それでもこの希望を素通りにはできない。

僕は未沙乃の肩に手を置き、意気込んで言った。

「だったら、これは付けなきゃいけない決着だ。この先、未沙乃がどうなるにせよ、どんな選択をするにせよ、この因縁を清算しないことには何も始まらないんだよ」

結果として未沙乃が亜愛を許すことも、夢世界から覚めることもないままかもしれない。

でも、確かなのは、亜愛の罪と未沙乃の心の傷を知ってしまった僕は、このまま見て見ぬ振りをするわけにはいかないということだ。

「でも、亜愛に謝らせようとしたら、凱人が嫌な気分になっちゃうかも……」

尚も後ろ向きな態度の未沙乃を安心させるべく、穏やかな声で僕は続ける。

「未沙乃のためってだけじゃないんだ。未沙乃をこんな目に遭わせた亜愛に、このまま逃げ得を許すのは、僕自身が許せないんだよ。たとえそれで何も変わらないとしても」

未沙乃の未来を一パーセントでも変えられる可能性があるなら、僕はそれに賭けてみたい。リスクが僕の気持ちだけなら、むしろやらない理由がない。

僕の必死な説得を聞いた未沙乃は、頬を緩めて言った。

「……わかった。そんなに言うなら、凱人に任せる」

「ああ、期待に沿えるように頑張るよ」

安心した表情の未沙乃に微笑み返しながら、僕はある予感を抱いていた。

――僕はひょっとしたら、このために彼女の夢世界に迷い込んだのかもしれない。


翌日の休み時間、僕はクラスメイトと教室で談笑する亜愛の姿を見付け、声を掛けた。

「亜愛、ちょっと話したいんだけど、時間あるか？」

「え？　いいけど、何？」

キョトンとした亜愛を他所に、友人たちが僕と亜愛を交互に見て、口々に盛り上がる。

「えー何、まさか愛の告白とかー？」

「亜愛、最近も先輩にコクられてなかった？　快調じゃん」

「そんなんじゃねーし！　じゃ、ちょっと行ってくるわ」

亜愛はケラケラ笑いながら友人の冗談をいなし、僕に付いてきた。

屋上に続く階段に差し掛かったところで、亜愛は異変を察した様子で押し黙った。

すべての始まりとなったその現場で、僕は静かに切り出した。

「未沙乃の入院の真相、聞いたよ。未沙乃は事故じゃなくて、お前が突き落としたんだってな」

「はぁ？　何それ、誰から聞いたの？　てか、そんな証拠どこにあるの？」

案の定、亜愛は逆に僕を非難するような口調でしらばっくれている。

敵意を宿し始めた亜愛の目を、僕は真っ向から見据える。

「証拠はないよ。でも、真相はお前が一番よくわかっているだろ」

僕が真相を摑んでいることに気付いたのか、亜愛は今度は口を噤んだままだ。

せめてもの良心に訴えかけるべく、僕は亜愛に言った。

「未沙乃はお前のせいで今も苦しんでいる。罪を認めて未沙乃に謝るんだ」

「謝ったって意味ないじゃん。あいつ、今も寝たきりなんでしょ？　そもそも苦しむとかなくない？」

開き直ったような亜愛の台詞を、僕はきっぱりと否定する。

「お前が真摯に謝れば、その気持ちはきっと未沙乃に伝わる」

「ウケる。凱人、そんな先生みたいなこと言うんだ。嫌だよ、何で私があんな奴のために頭を下げなきゃならないの？」

亜愛は口元を歪め、緊迫した雰囲気を嘲弄《ちょうろう》してきた。

多少なりとも亜愛の中に未沙乃への思いやりが残っていると思っていただけに、僕の中にやり切れない気持ちと怒りが湧く。

「なぁ、亜愛、何でそんな意固地になるんだよ。お前と未沙乃は、昔は一緒に漫画を作るくらい仲のいい友達だったんだろ？」

「……さっきも言ったけど、どこで聞いたの、それ」

亜愛はスッと目を細め、一転して剣呑な声音で訊き返してきた。

が、不本意な感情だったのか、亜愛は即座にヘラヘラした笑みを湛えて続けた。

「べつに仲よかったわけじゃないし。あいつ友達いなかったからさ、ひとりで物ほしそうにしてるのが可哀想だったから付き合ってあげてただけ。あんなくだらない漫画描くしか取り柄のない奴を、私が友達だと思うわけないじゃん。私にとってはとっくにどうでもいい女だよ」

「亜愛、お前は勘違いしている。僕がサッカー部を辞めた理由に、未沙乃の漫画は関係なくて……」

「どうでもいいって言ってるでしょ！　もう全部終わったことなんだよ！」

亜愛に怒鳴られ、僕は閉口を余儀なくされた。

そのまま僕の横を通り過ぎ、早足で立ち去ろうとした亜愛は、踊り場で思い留まったように立ち止まる。

「でも、へぇ、そっか……凱人って、そんなにあいつのことが気になって仕方ないんだ」

意味深に呟いたあと、亜愛は僕を挑発的に見上げ、提案を持ち掛けてきた。

「要するに凱人は、私が寝たきりのあいつに謝れば気が済むんだよね？　何がしたいのかわからないけど、まぁいいや。じゃ、凱人がサッカー部に戻って、私と付き合ってくれるなら、考えてあげてもいいかなぁ」

にやついた亜愛に再び怒りが湧く。でも、その表情を見ればわかる。亜愛は僕と本気で付き合いたいわけじゃない。ただ理不尽な二者択一を迫り、僕が葛藤したり怒ったりすることを期待しているのだ。ここで怒ったら亜愛の思う壺だ。

それを理解した上で、僕は答えた。

「わかったよ」

「は？」

一秒と間を置かず即答されるとは思っていなかったようで、亜愛は目を見開いた。

僕は踊り場まで下りると、亜愛の前に立って念を押す。

「それが未沙乃のためになるなら、僕はそれで構わない。サッカー部に戻って亜愛の彼氏になれば、お前は未沙乃に謝ってくれるんだな？」

どんな形であろうと、心がこもっていなかろうと、亜愛が謝るなら一歩前進だ。そのあとのことはそれから考えればいい。

しばらく呆気に取られていた亜愛が、徐々にその表情を変化させていく。

喜びや優越感ではなく、明白なほどの嫌悪を滲ませて。

「……何で、いつもいつも……」

絞り出すような声で悪態を吐くと、亜愛は踵を返し、颯爽と階段を下りていく。

「お、おい、亜愛？」

「白けた。やっぱ今のなし。私をコケにしたこと、後悔するよ」

慌てて声を掛けるも、亜愛は取り付く島もなく、わざとらしく足音を立てて去っていく。

亜愛の背を見送る僕の胸中には、不吉な予感が渦巻いていた。


結局、僕は何も状況を変えることができなかった。亜愛は態度を硬化させ、未沙乃は寝たきり。これ以上、できることがあるだろうか。必死で考えるも何も案は浮かんでこない。

そんな状況の中、現状はさらに悪化の一途を辿っていたことに、僕だけが気付いていなかった。

翌日の登校後、僕は妙に視線を感じ、教室を見回した。

クラスメイトが遠巻きに僕を見て、眉根を寄せたり、何やらヒソヒソ話を交わしたりしている。ただの自意識過剰だと思い込むには、あまりにも彼らの態度はあからさまだ。

事情を聞きたいが、話の切り出し方がわからない。『僕の話をしてた？』なんて、それこそ自意識過剰もいいところだ。

困惑するばかりの僕に、友人のタツが肩を組み、耳打ちしてきた。

「おいおい、さすがにソレはまずいだろ、凱人」

「え？　何のことだ？」

出し抜けの台詞の意味がわからず訊き返した僕は、次にタツの口から零れたひと言に凍り付いた。

「聞いたぞ。お前、寝たきりの夕霧にエロいことしたんだって？」

「は？」

一瞬耳を疑ったが、彼の深刻な表情は、僕の聞き間違いでないことを雄弁に物語っている。泡を食った僕は、タツの組んだ肩を解き、弁解した。

「ちょ、ちょっと待てよ。僕がそんなことするわけないだろ」

「本当か？　お前、夕霧が入院してる病院によく通ってるらしいじゃねぇか。それも嘘なのか？」

「それは……本当だけど」

控えめに僕が答えると、タツは一層疑り深そうな視線を僕に送ってくる。

「じゃあ、寝たきりの女子とふたりきりで何してるんだ？」

「お見舞いだよ。具合が悪いクラスメイトを心配するのはおかしいことじゃないだろ」

説明を試みる間も、他のクラスメイトが聞き耳を立てているのがわかり、血の気が引いていく。悪いことなんてしていないのに、何で僕がこんな槍玉に挙げられなきゃならないんだ。

僕の心境などお構いなしに、タツは下心が見え隠れする声音で耳打ちしてきた。

「でもお前、夕霧とはべつに仲よくなかっただろ。何で急に心配するんだ？　正直に言えよ。先生に頼まれて病院に行った時、魔が差したんだろ――」

「僕が未沙乃にそんなことするわけないだろッ！」

腹に据えかねた僕が大声で否定すると、教室には居心地の悪い沈黙が漂った。

「が、凱人……？」

鼻白んだ様子のタツを見て、僕はハッと我に返った。

切迫した気持ちを抑え、僕は口早に尋ねる。

「大きい声を出してごめん。でも本当に何もやましいことなんてないんだ。だいたい、医者や看護師がいつ来るかわからない病院でそんなことするわけないじゃないか。なぁ、その話、誰から聞いたんだ？」

「わ、わかんねぇよ、学校のグループチャットで流れてきただけだから……」

言い訳じみた彼の答えを聞ければ、それで充分だった。

このタイミングでそんな噂を流す相手の心当たりなどひとりしかいない。

「……亜愛か」

舌打ちして亜愛の教室に駆け付けた僕は、椅子に座ってお喋りする亜愛を見付け、友人を半ば押しのける形で彼女に詰め寄った。

「どういうつもりだよ、亜愛。あんな根も葉もない噂話を流して」

「えー？　何のことだか亜愛わかんなーい」

呑気な声であしらう亜愛の口角が、してやったりとばかりに吊り上がっている。

その胸ぐらを摑みたい気持ちを必死に押し殺し、僕は机に手を突いて声を荒らげた。

「惚《とぼ》けるなよ！　僕が未沙乃に何かしたって、よくそんな出任せを言えたな！」

「あんたが先に変な言い掛かりを付けてきたんでしょー？　ってかさ、あんたが何も悪いことをしていないなら、堂々としていればいいじゃん。そんな風に焦るってことは図星なんじゃないの？」

「そういう話じゃ――」

のらりくらりと話を逸らす亜愛に苛立ちが頂点に達しかけた時、教室の外から僕に声を掛けてきた者がいた。

「樋廻くん、ちょっとお話、いいかしら？」

担任の浅田先生だ。いつも温厚に微笑んでいる彼女が、今は非難の眼差しを僕に向けている。

このあとに何が起こるか想像した僕が、絶望的な気持ちで亜愛の教室を辞すると、目の端に亜愛の勝ち誇った表情が見えた。

案の定、浅田先生の用件は未沙乃への猥褻《わいせつ》行為疑いについての聴き取りだった。

学年主任の男性教師を交えた応接室で、僕がきっぱりと疑惑を否定すると、普段の素行のよさが幸いして処罰は見送りとなった。しかし疑いは完全には晴れなかったようで、浅田先生にも学年主任にも「今後はひとりきりで夕霧さんのお見舞いには行かないように」

と釘を刺される始末だった。

そして、先生たちの聴取が終わって教室に戻ると、クラスメイトの視線は一層冷ややかなものとなっていた。

教師との面談を行ったという事実は、彼らにとって僕への疑惑をより強める一因になってしまったようだ。

表立って僕を非難する者こそいなかったが、とくに女子からの視線はキツいものがあり、授業中も休み時間も気が休まることはなかった。クラスメイトの傍を通り過ぎる時、会話をしているのが見えると、みんな僕の噂話をしているんじゃないかと気が気でなかった。

サッカー部を辞めていてよかったと今日ほど思った日はない。放課後のチャイムが鳴るや、僕は通学鞄のファスナーを閉めるのももどかしく、足早に学校をあとにした。ひとりきりになったことで、僕はようやく満足に呼吸をすることができた。

しかし、自宅に着いた僕を襲ったのは、学校にいた時よりもずっと強烈な不安感だった。明日になれば、また学校に行かなければならなくなる。僕への軽蔑の視線が入り乱れるあの学校に、八時間も拘束されることになる。

すぐに噂が沈静化してくれればいい。だけど、もしそうならなかったら？　明日が終わっても、またその次の日も、一週間後も一ヶ月後も一年後も、今日みたいな一日を過ごすことになるとしたら？

いや、それだけで本当に済むか？　もしこの噂が未沙乃の両親の耳に届いて、ふたりから責められることになったら？　そうなれば当然、僕の親も事情を把握するだろう。そうなった時、父さんや母さんがもし、僕を信じてくれなかったら？　疑惑の目を向けられたら？

嫌だ。

考えたくない。

耐えられない。

外に出たくない。

誰にも会いたくない。

ベッドの布団にくるまり、僕はすべてが夢であってくれと願った。

正しいと信じる行動をすればよりよい未来が待ち受けていると思ったのに、どうしてこんなことになってしまったんだ。

どうしよう、どうしたらいいんだ……？

「……凱人？　今日何か早くない？」

声に気付いて目を開けると、そこにはキョトンと立ち尽くす未沙乃がいた。

夢世界の、そして未沙乃の存在に、僕はこの上ない感謝を捧げた。

困惑する未沙乃に、僕は深く頭を下げる。

「ごめん、未沙乃。僕には亜愛を説得できなかった。それどころか亜愛に仕返しされて、未沙乃に変なことしてるって噂を流されて、学校のみんなに嫌われちゃった。偉そうなこと言っておきながらこんなザマで、笑えるよな」

自嘲する僕を、未沙乃はじっと見つめるばかり。

静かに僕の話に耳を傾けてくれる未沙乃の存在が、僕の心を少しずつ落ち着けてくれる。

「未沙乃の気持ちがやっとわかったよ。現実で生きたくなくなる感覚って、こういうことなんだな。友達も味方もいなくなって、手足が冷たくなって、体が動かなくなって、言葉が思うように出てこなくて……誰かと会うことも何をするのも嫌になって。そりゃ夢世界にずっといたいって思いもするよな」

——そうだよ。こんな素敵な世界があるなら、もう現実なんて必要ないじゃないか。もっと単純に物事を考えるべきだった。そうすればあっという間だった。

僕は顔を上げ、毅然と言った。

「僕、決めたよ。僕も君と一緒に、ずっとこの夢世界で生きる」

「え……？」

未沙乃の口から零れたのは、蚊の鳴くような呆けた声だった。

未沙乃のまじまじとした視線がむずがゆく、僕は照れ笑いをしながら頭を掻く。

「こんな情けない僕だけど、それでも未沙乃のことをひとりにはしたくないからさ。僕が未沙乃の夢世界に入った理由は、ひょっとしてこうなるためだったんじゃないかって。未沙乃の道連れ……って言うと思い上がりかな。まぁ、今となってはそれくらいしか未沙乃のためにできることがないってだけなんだけどね」

「待ってよ、凱人」

未沙乃の声にも気付かず、僕はひとりで喋り続けていた。今にも自分が目覚めてしまうかもしれないと思うと怖くて、口を動かさずにはいられなかった。

「でも夢世界の住人って、なろうと思ってなれるものなのかな？　わざと頭を打つのはちょっと痛そうで怖いよな。心因性のものなら何かコツがありそうなものだけど、しばらくは現実と夢世界を行き来することになるのかな。未沙乃が東京に転院したあとも同じ夢世界に入れればいいんだけど――」

「待ってってたら！」

未沙乃が張り上げた大声で、僕はようやく我に返った。

見れば未沙乃は、まるで全力疾走をしたあとのように肩で息をしている。

「ど、どうしたのさ、未沙乃」

初めて見る未沙乃の切迫した表情に、僕は狼狽する。

未沙乃は無言で僕に歩み寄ると、両手で僕の頰を押さえ、じっと目を見つめてくる。

「な、何……？」

水面のように揺蕩《たゆた》う瞳を、片時も僕から逸らすことなく、やがて未沙乃は口を開いた。

「……何で？　凱人、どうしてそんなこと言うの？」

「え？　何でって、それは夢世界が現実より素敵な場所だから……」

たどたどしく答える僕を、未沙乃はキッと睨んでくる。

「やめてよ！　私、そんなこと言う凱人なんて見たくない！」

未沙乃の言葉を、僕はすぐに理解することができなかった。

未沙乃に拒絶された——その事実を遅まきに咀嚼し、僕の中に未沙乃への反発心が芽生える。

「ど、どうしてそんなこと言うのさ！　この夢世界に一分一秒でも長くいたいって、未沙乃も言っていたじゃないか！」

未沙乃だけは僕の味方でいてくれると思っていたのに、それすらも僕の思い違いだったのか。

焦燥にも似た僕の抗議に、未沙乃は一歩も退かず、さらなる感情を込めて言い放ってきた。

「そうだよ！　私はずっとそう思っていたよ！　だけど今、はっきりとわかったの！　私の本当の望みはそんなんじゃなかったんだって！　私が心の奥底で求めていたものは、夢世界から連れ出して、現実世界での居場所になってくれる人だったんだって！」

「えっ……」

湧きかけた負の感情も忘れ、僕は呆けた声を上げた。

未沙乃は僕の肩に手を置き、激しく詰め寄ってくる。

「凱人はバカだよ！　友達がいっぱいいて自分だけの居場所もあったのに、私なんかのためにそれを全部捨てるような真似をして、大バカだよ！　そんなことする必要なんて全然なかったのに！　亜愛や他の人との関係がどうなろうと、君の隣にちょっといさせてくれるなら、私にとってはそれで充分だったのに！」

未沙乃の言葉は途中から潤んでいた。

それでも僕には、未沙乃が何を言っているのか、一言一句嚙み締めるように理解できた。

顔を俯け、息を切らす未沙乃の足元に、幾滴もの雫が落ちる。

「でも……わかってる。本当にバカなのは、そんな大事なことにこれまで気付かなかった私自身なんだって……」

これまで見たこともない未沙乃の痛ましい姿に、そして自分が彼女をそうさせてしまった事実に、僕の胸が強く締め付けられる。

「未沙乃は……自分でも無意識のうちに、ずっと強がっていたのか……？」

未沙乃は小さく頷き、僕の胸元に力無く額を当てる。

「うん。やっぱり私、ひとりきりの時間が長すぎて、心がひねくれちゃってたみたい」

未沙乃の感情が乱れているためか、今、僕たちの周囲には何もない。白とも灰色ともつかない無機質な空間が無限に広がるばかり。

それでも未沙乃は、そんな状況に気付いてすらいない様子だ。凱人さえいればいい、そう体現するかのごとく僕にしがみついている。

未沙乃を見下ろす僕の中に、狂おしいほどの感情が芽生える。

僕の胸元に顔を埋めたまま、未沙乃はくぐもった声で言った。

「何でも叶う理想的な世界よりも大切なものが存在するなんて、ちょっと前までの私なら考えもしなかった。私がそう思えるようになったのは、現実で頑張ってる凱人が、たくさんの『想像できないこと』を持ってきてくれたからだよ。でも、私たちがずっと一緒に夢世界で過ごすことになったら、きっとこの気持ちもいつか忘れちゃう。想像通りで理想的なことしか起こらない毎日に塗り潰されちゃう……そんなの私は絶対に嫌だよ！」

声を張り上げると同時に、未沙乃は顔を上げた。

瞳に滲んでいた涙を散らしながら、未沙乃は切実な声で言い募った。

「だから、凱人……『夢世界で生きたい』なんて言わないでよ！　いつか目覚める私を笑って迎えてよ！　私、もっと想像もつかないような君を見てみたい！　現実世界は嫌なことばかりだけど、そこに君がいてくれるなら、私は頑張って生きてみようって思えるんだよ！」

未沙乃が言い終えると、辺りに深い静寂が去来した。

聞こえるものは未沙乃の激しい呼吸音だけ。見えるものは未沙乃の泣き顔だけ。

僕の頬に感じていた冷たい感覚は、飛び散った未沙乃の涙ではなかった。

僕の瞳から流れた、僕の涙だった。

そのことに気付くや、僕は腕で顔を拭い、洟《はな》を啜って未沙乃に謝った。

「……わかったよ。僕、未沙乃の気持ちも考えず楽な方に流れようとしていた。ごめん」

あんなに長い時間を未沙乃と過ごしたのに、彼女の大事な気持ちに気付けないどころか、傷付けさえしてしまった。これでは友達もへったくれもない。

掠れ声で拙い謝罪をする僕を見て、未沙乃は初めて小さく笑う。

「本当だよ。てか実際どうするの、亜愛に喧嘩売ったりして……」

「そ、それについてはマジでごめん……正直見通しが甘かったせいで、未沙乃にまで迷惑掛けちゃいそうで……」

せっかく未沙乃が頑張って目覚めようと決意してくれたというのに、これでは早速前途が危うい。

未沙乃は悠然と後ろ手を組み、何もない空間を清々しい表情で見上げている。

「私はいいよ。誰に何と思われたって、凱人がいてくれるならそれだけで」

「未沙乃がそう言ってくれるのは嬉しいけど……やっぱりこのままじゃ終われないよ」

未沙乃の心残りを無くし、現実世界の居場所を取り戻す意味でも、亜愛との問題はやはり避けて通れない。

顎に指を当てて黙考していた僕は、やおら顔を上げて未沙乃に持ち掛けた。

「なぁ、ひとつ考えがあるんだ。未沙乃の夢世界の力、僕を信じて貸してくれないか？逃げるためじゃなくて、戦うために」

上手くいくかどうかは正直わからない。それでも、恐らくこれ以外に手段はない。

不安はあるけど、未沙乃と力を合わせた結果なら、今度こそ受け止めてみせる。

僕の決意を見透かしたかのように、未沙乃は穏やかに微笑んだ。

「うん、是非聞かせてよ。凱人の素敵なアイデアを」

5章

約束と勲章

翌日、僕は登校するや、亜愛の教室へと向かった。

生徒たちの好奇の視線を何となく感じるが、そんなことはどうでもいい。僕は脇目も振らず、亜愛の席に向かう。

亜愛の軽蔑しきった眼差しを真正面から受け止めると、僕は手の中に握っていたものを机に置いた。

「亜愛、これをお前に渡す」

「……何、これ?」

怪訝な表情でそれを摘まみ上げた亜愛に、僕ははっきりと答える。

「折り鶴だ」

「見りゃわかるよ。そんなもの私がもらって何になんのって訊いてんだけど」

敵愾心《てきがいしん》を剝《む》き出しにしてくる亜愛に、僕は怯《ひる》むことなく言い放った。

「僕はこれを、未沙乃の快復を祈って折った。亜愛、お前にこの折り鶴を持って帰ってほしい。そうしたらお前にも真実がわかるはずだ。僕がどういう気持ちで未沙乃のお見舞いに行っていたか」

「はぁ?　何それ、意味わかんないんだけど。折り鶴で気持ちが伝わるとか、あんた高校生にもなってそんなこと信じてんの?」

「信じる信じないの話じゃない。とにかくこれを持って帰ってくれさえすればいい。そうしたら僕は、もう亜愛に何も言わない」

亜愛の嘲笑を意にも介さず、僕はただ要求だけを伝える。

まだ何か言いたげにしていた亜愛だったが、まともに取り合うのも面倒だと思ったのか、ぼやきながら青い折り鶴を鞄に放った。

「……わけわかんない。あんた、どんだけあいつのことが好きなわけ」

亜愛がしっかりと折り鶴に触れ、鞄に入れたことを見届けたら僕の用事は完了だ。僕はそのまま教室を辞した。

第一関門は突破した。あとは僕と未沙乃が触れたあの折り鶴が、僕たちの想像通りに働いてくれることを祈るだけだ。


その日の夜更け。

ふと目を開けた糸名亜愛は、自分の置かれた状況の不可解さに素っ頓狂な声を上げた。

「……え？」

亜愛の前には、見たこともないほど巨大なスクリーンが鎮座していた。周囲を見回し、亜愛は自分が広大な劇場の中央席に座っていることを把握する。

しかし、映画館を訪れた記憶はないし、そもそもこんなに広い劇場など近所にない。何百人と収容できそうな客席に、亜愛ひとりしかいないことも不気味さに拍車を掛けている。

不安に苛《さいな》まれる亜愛の耳に、どこからともなくふたつの声が聞こえた。

「成功したみたいだね」

「ああ、よかった。亜愛を病院まで連れていくのは難しかっただろうから」

どこか聞き覚えのあるような、男女の声だ。

亜愛は天を仰ぎ、切迫した声音で言い募った。

「誰？　ここ、映画館？　何で？　私、いつここに来たの？」

「ここは夢の中だ。あの折り鶴は、亜愛をここに引き込むために渡したものだ。お前の誤解を解くためには、こうするのが一番効果的だと判断した」

名指しされたことで、亜愛はその男声の主の正体に気付いた。

不安は消え、代わりに湧き上がった怒りに任せて大声を上げる。

「何なの!?　あんた、凱人!?　私に何するつもりなの!?」

怒声交じりに立ち上がろうとするも、亜愛の腰は席と一体化したように動かない。

焦燥に駆られる亜愛に、凱人は冷たく言い放つ。

「見ればわかる。お前がしでかしたことの重大さもな」

「じゃ、始めるよ」

凱人の言葉に女の声が続いた直後、スクリーンから白い光が迸《ほとばし》る。

その光はまるで質量を持っているかのように亜愛の体に触れ、そのまま彼女をスクリーンへと引き込んだ。

「きゃあっ!?」

抵抗虚しく、悲鳴も届かず、亜愛は引きずり込まれていく。

光の向こうへ、記憶の世界へと――。

⌛

十月中旬の土曜日、高校サッカー愛知県大会の第二回戦当日。

試合終了間際の失点により、惜しくも勝利を逃した小斗井高校サッカー部。しかし彼ら一年生組の帰路は、敗北の辛気臭さを感じさせない明るいものだった。

「二回戦で星高《ほし》と当たるなんてツイてねぇよなー」

「まぁまぁ、一点返せたし、前回優勝の星高相手によくやった方だろ。せっかく女子が四人も応援に来てくれたんだから、もっと格好付けたかったってのはあるけどさ」

「あー、亜愛って絶対彼氏いるよなー。今日の試合で活躍できたらワンチャン狙おうと思ってたんだけどなー」

「だな、せめてこれがもらえるくらいにはならねぇと。男としても選手としても」

チームメイトは自虐的に言い、手に持った二枚綴じのプリントをひらひらと靡《なび》かせた。

プリントを見納めのように眺めてから、彼は心底感心した表情でそれを凱人に返した。

「いや、ほんとにすげーよ。試合には負けたけど、クラブにスカウトされるなんて大金星じゃんか」

そこに記載されていたものは、地元のサッカークラブの組織概要と、入会テストの案内だった。スカウトの男性から手渡されたもので、一年生は凱人を含む三人がもらっている。

Jリーグの下部組織であるそのクラブは、名実ともにプロサッカー選手の登竜門。その切符を手に入れた凱人は、まるで夢のようでなかなか自分事だと思えずにいたが、仲間に祝福されたことでようやく喜びを実感し始めていた。

スカウトされなかった部員たちの手前、凱人は努めてはしゃぎすぎないようにしていたが、本心では諸手を突き上げて雄叫びを上げたい気分だった。約十年にわたって続けてきたサッカーの才覚を、とうとう認めてもらえたのだ。嬉しいを通り越して、世界中のすべての人間に感謝したいほどだった。

選ばれた三人の誰にともなく、チームメイトが尋ねた。

「で、どうする？　みんな入会テスト受けるのか？」

真っ先に答えたのはフォワードのカズシだった。

皺《しわ》になるほど強くプリントを握り、鼻息荒く宣言する。

「当たり前だろ、こんなチャンスを捨てる奴がいたらバカだ。クラブでメキメキ実力上げて、ぜってープロになってやる！」

野心を語るカズシを、チームメイトは盛大な拍手と喝采で煽り立てた。

カズシの熱量に当てられ、あとに続こうとした凱人だったが、先に口火を切ったのはディフェンスのソウヤだった。

「俺はパスかな。俺の実力じゃプロは無理だ。受験費と会費をクラブに貢ぐだけだって目に見えてる」

達観したソウヤの意見に、少なからぬブーイングが上がる。

「えぇー？　もったいねぇよ、じゃあその枠を俺にくれよぉー！」

「仕方ねぇだろ。俺の家、そんなに裕福じゃないんだ。部活の道具も中古で揃えるのがいっぱいいっぱいなのに、クラブの会費なんて言い出してみろ、親父にぶっ殺されるわ」

ソウヤはプリントをバッグにしまい、苦笑いとともにあっさりと答えた。その言葉に悲愴感がない辺り、ソウヤはそもそもサッカーに対する執着が薄いのだろう。

ひと通りの不平や意見が飛び交ったあと、彼らの視線は凱人に集中する。

「凱人は？」

凱人はすぐには答えることができなかった。先ほどまで燃え盛っていた熱意は、ソウヤの冷静な言葉で幾分か鎮まっていた。

よく考えればこれはテストの案内に過ぎず、それも県下の何十人、下手をすれば百人単位に渡されているものなのだ。彼らを蹴散らしてクラブのエースに、そしてプロ選手になる自分の姿は、たしかに想像し難いものがある。凱人の属するサッカー部は、つい今しがた敗北を喫したばかりなのだ。

それでも……この先に憧れた大舞台が待っているという事実が、凱人の心を摑んで放さない。待ち受けるどんな苦境を想像しても、凱人には振り切ることなどできそうもない。

じっとプリントを見つめ、凱人はひとまず曖昧に答えた。

「すぐには決められないよ。カズシみたいに挑戦したい気持ちはもちろんあるけど、ソウヤが言ったみたいに実力とお金の問題もあるし。そもそも親に反対されるかもしれないし、将来に関わることだから、ちゃんと話し合って真剣に考えなきゃな」

「じゃあ、仮に親の許可が下りたとしたら、凱人はどうするんだ?」

前のめりなチームメイトの問い掛けに、凱人は愚問だとばかりにニヤリと笑って答えた。

「決まってるだろ。入会テストを受ける。小学生から追い掛け続けた夢なんだから」


チームメイトには威勢のいいことを言っておきながらも、実際に父の自室を訪れた凱人は、緊張で口の中がカラカラだった。

ソウヤの父親ほどではないにせよ、凱人の父もなかなか気難しい方だ。

大喧嘩になったことはないし、これまで何不自由なく育ててもらった自覚もある。しかし母と対照的に、父は凱人のサッカー活動についてこれまでさほど関心を寄せてこなかった。試合に勝っても「そうか、頑張ったな」という通り一遍の相槌を打つくらいが関の山で、そもそも試合結果を訊いてこないことすら珍しくなかった。

そんな父が、今回の凱人の申し出にどのような心証を抱くかは未知数……いや、反対される可能性の方が高いかもしれない。

凱人が渡したプリントに目を通すと、デスクチェアに腰掛けた父は泰然と呟く。

「なるほど、サッカークラブのスカウト、入会テストか」

凱人は少しでも心証をよくしようと、背筋をまっすぐ伸ばしていた。

果たして、次に父の口から出た言葉は――。

「考え直した方がいい。サッカー部の活動程度なら勉強の息抜きにもなるだろう。だが、こんなサッカークラブなんて入っても意味がない」

そんな風に、冷たく切り捨てるものだった。

呑み込んだ唾を、凱人はとても苦く感じた。

覚悟はしていたじゃないか。生真面目なサラリーマンで、サッカーに関心もない父なら、きっと反対するだろうと。せめて今日の試合で快勝していれば多少の説得材料になっただろうが、生憎の結果だ。

一縷《いちる》の望みに賭け、凱人は縋るような思いで父に訴える。

「……たしかに、県大会の結果は不甲斐ないものだったよ。クラブの会費だってバカにならないし、どうせプロになれないから意味がないって言われたら何も言い返せない。でも、でも僕は本当に――」

「勘違いするな、凱人。私は『どうせプロサッカー選手になれないからクラブに入る意味がない』と言っているんじゃない。お前が仮にプロサッカー選手になれたとしても、それ自体に意味がないと言っているんだ」

しかし凱人の切なる思いの丈は、父の厳粛な言葉によって遮られてしまった。

一瞬、凱人は父が何を言っているのか理解できなかった。半開きの口から、空気が漏れるような声が零れる。

「プロサッカー選手になること自体に、って……？」

確認のためというより、無意識に出た復唱だった。

お金や才能や勉強にまつわる反対意見であれば、凱人は事前に覚悟していたし、反論も一応準備してあった。しかし父にプロサッカー選手そのものを否定されては、それらの覚悟も反論も意味を成さない。

聞き違いであってほしいという凱人の望みは、続く父の言葉であえなく絶たれてしまう。

「言葉通りの意味だ。アジアカップ、オリンピック、ワールドカップ……それらの輝かしい舞台で掲げられる『絶対に負けられない戦いがそこにはある』という煽り文句の下、日本代表はいったい何度敗北を喫した？　そしてそれらの試合結果がサッカー界や国民の生活にどんな影響を及ぼした？　その虚しさのほどは、私よりも実際にサッカーをやっているお前の方がよくわかっているはずだろう」

父の冷徹な意見は、凱人の胸に鈍い痛みを刻んだ。

父の言う通り、それは凱人自身の中でも蟠《わだかま》っている不満でもあった。日本代表が敗北し、この世の終わりのような悔しさを味わっても、二日もすればメディアも友達も別の話題に夢中になっている。敗北どころか、サッカーの試合があったこと自体を忘れてしまったかのように。

凱人はサッカープレイヤーだからサッカーを中心に物事を考えるきらいがある。ただ、世間はそれほどサッカーに興味がない――それは覆しようのない事実だ。

だけど、それでも。

「……父さんに何がわかるんだよ」

試合中のあの気持ちの昂りは、何と言われようとも本物だ。

その熱情の赴くまま、凱人は父に反駁《はんばく》した。

「プロサッカー選手は、みんな人生を懸けてサッカーをやっているんだ！　彼らが魅せる本気の試合が、僕たちに夢と勇気を与えてくれるんだ！　たとえ父さんに反対されても、僕はずっと目標にしてきたサッカー選手としての限界に、同じ夢を持つ仲間がいる所で挑んでみたいんだよ！」

父に対して凱人がこれほど熱く歯向かったのは初めてのことだった。たとえ父の反感を生むとしても、ここで迎合することは凱人にはできなかった。

恥も外聞もない凱人の訴えを受け、それでも父の表情は凪いだまま。

「何を言っている。私はお前がサッカークラブに入ることに反対などしていないぞ。私はあくまで私の持論を呈しているだけだ。私の意見を踏まえて、それでもお前が本気でサッカーをやりたいと思うなら、私が止める理由はない」

「え……？」

凱人はひどく混乱し、呆けた声を上げた。今の流れで父がクラブ入会を認めるなんて思いもよらなかった。

情報の整理が追い付かず、どんな感情を抱くべきか測りかねている凱人を前に、父は椅子の背もたれに寄りかかり、目を閉じて深い息を吐き出す。

「ただ……そうか、『父さんに何がわかるんだよ』か。なるほど、つまり凱人はこう思っているんだな。自分の父親は、夢を見たことも追ったこともない、堅実でつまらない人生を送ってきたから、息子のやりたいことに異を唱えるわからず屋なのだと」

「そ、そこまでは思ってないよ……」

思わず凱人はそう口を挟んでいた。父の纏う雰囲気が変化し、再び凱人に緊張が走る。

父はゆっくりと瞼を上げ、相変わらず感情の読めない瞳で凱人を見た。

「だがな、私にもお前と同じように、若く活力に溢れた学生時代があったんだ。その私が、息子の凱人にこのような話をする、これが根拠だ」

そして立ち上がって凱人に対峙すると、右手を持ち上げ、手の甲を見せた。

よく見るとそこには、中指から親指側にかけて、濃い茶色の変色が見受けられる。日焼けや入れ墨とは違うその傷が付いた原因を、凱人は今日まで知る機会がなかった。

「それって……火傷だよね？」

凱人の問い掛けに父は頷き、翳していた手を戻す。

「管弦楽部に入っていた高校時代のな。この火傷が原因で、私は約十年続けたバイオリンをやめることになったんだ」

「そういえば父さん、バイオリンやってたんだっけ」

「昔の話だ。今ではもう、演奏どころか基本の構え方すら忘れてしまったさ」

自嘲気味な父の台詞は、初めて聞くような響きを伴っていた。これまで父は自分の過去を詳しく語ろうとしなかったし、手の古い火傷がバイオリンと繋がっていたなんて考えもしなかった。

椅子に座り直した父は、背もたれが軋むほど深く腰掛けて語り始めた。

「芸術は金が掛かる道楽だ。バイオリンの本体や譜面台など、必要最低限の器具を揃えるだけで約二十万円、バイオリン教室に毎月三万円、管弦楽部の部費に毎月八千円。始めたきっかけこそ親の勧めだが、私は純粋に練習と上達を楽しんでいた。自分には天賦の才があるという自負心もあった。それは単なる井の中の蛙ではなく、当時の管弦楽部にもバイオリン教室にも、私以上の奏者は存在していなかったんだ」

堅物の父がバイオリンに熱を注いでいた学生時代――凱人はそれを、割合容易に想像することができた。日頃クラシック音楽を聴くのも、その経験が根底にあるのだろう。

誇らしげな過去とは裏腹に、父の言葉遣いはどこまでも義務的で無感動なものだ。

「結果として私はそれなりに知名度のある学生奏者となった。そして高校最後の全国コンクールで金賞を受賞したあと、私は音楽大学への推薦入学を打診されたが、その時点では進路を決めあぐねていた。バイオリン奏者としての人生の不安定さだけが理由ではない。

推薦入学枠は非常に倍率が高かった上に、私の親友も同様に打診されていたんだ。彼が不遇な環境で努力してきた男であることを、私はよく知っていた。それなのに彼より恵まれた私が、貴重な入学枠を得て、彼の未来を奪うような真似をしていいのかと……散々迷い抜いた。しかし結局、人生に一度のチャンスを無駄にしたくないと、私は推薦入学の試験を受けることに決めた」

言葉を切った父は、再び右手を持ち上げ、火傷痕を晒した。

「その試験の一ヶ月前のことだ。三年生引退の打ち上げバーベキューで、私の右手に火が付いた炭を落とされたのは」

父の告白は、部屋に重苦しい沈黙をもたらした。

凱人はしばし言葉を失っていた。父の口振りは、まるで他愛のない世間話をしているようで、それがさらに事態の底知れなさに拍車を掛けていた。

父の火傷痕を食い入るように見つめながら、凱人はおずおずと尋ねる。

「炭を落としたのって、まさかその親友……？」

父は頷き、戻した右手で大儀そうに眉間をほぐす。

「さらに言うなら、引退記念にバーベキューをしようと提案したのも彼だ。親友だと思っていたのは私だけだった……いや、音大の推薦枠を奪い合う立場になった時点で、私と彼は親友ではなくなったんだろうな。当然、大火傷を負った手では以前のような演奏はままならず、私は推薦を辞退し別の大学に一般入試で進学した。対する彼は、見事音大へ推薦入学を果たした。以降私は、バイオリンとも管弦楽部とも無縁の生活を送ってきたから、それから彼がどうなったかは把握していない」

淡々と語る父を、凱人は空恐ろしいと感じた。およそ三十年も痕が残る火傷の痛み、それを親友に負わされた悲しみ、ずっと触れてきたバイオリンを手放す絶望、手の甲を見るたびに父が抱いてきた感情——いずれも十六歳の凱人には察するに余りある。

そして凱人は気付いた。父が味わった想像を絶する過去は、これから凱人が歩み得る未来のひとつでもあるということに。

凱人の内心が顔に出ていたのか、父は嚙んで含めるような口調で諭す。

「私の言いたいことが、もうわかっただろう。サッカーも同じだ。多額の金銭と膨大な時間を費やしても、ほんのささやかな嫉妬と悪意によって選手生命はあっさりと絶たれてしまう。他でもない私が実際にそうなったんだ。たとえ心から信頼した同好の士であろうとも……いや、だからこそ限られた席の奪い合いで誰もが被害者に、そして加害者にすらなり得る。私がバイオリニストの夢を本気で志してよかったと思えることは、息子のお前にこの忠告ができることだ」

冷静な論理と経験に基づいた父の言葉に、凱人は反論する術を持たない。

父は机の上に置いたプリントを手に取り、凱人に差し出して続ける。

「話を戻すが、お前がどうしてもサッカークラブに入りたいなら私はそれを止めない。会費のことも気にしなくていい。学生時代に散々自由を享受していた私が、同じ自由を凱人に認めないのは不公平だからな。だが、仮にそれらのリスクすべてを越えられたとして、ようやく得られるものは、さっきも言った『何も変わらないままの世界』なんだぞ。そんなものに人生を捧げる意味を、凱人は本当に理解できているのか？」

捧げ持つように受け取ったそのプリントが、今の凱人にはずっしりと重く感じられた。憧れた未来に向かうための切符が、凱人の手中に収められている。父の許可を得るという最大の目的は達成し、あとは凱人の意志ひとつを残すのみ。

しかし、いざ未来の分岐点に立った凱人に訪れたのは、興奮ではなく虚脱感だった。大会の帰り際の高揚感に満ちた自分が、まるで違う人間のように思えた。

所在なくプリントに視線を落とす凱人に、父ははっきりと釘を刺した。

「今のお前はスカウトされたことで浮かれている。もっと身近な社会や人々のため献身し、安定して身を立てることも立派な人生だ。サッカーを本気でやることの意味、リスク、それらを今一度しっかり考えてみろ。話はそれからだ」

言い終えると父はデスクチェアを反転させ、パソコンに向き直る。

すぐ傍にある父の背が、凱人には手の届かない存在に思えてならず、凱人は目を背けるような形で退室するしかなかった。

初めてサッカーに触れたのは、小学二年生の体育の授業だ。

あの時の感動は今でも時折思い出す。こんなに楽しい遊びがこの世にあったのかと、休み時間も放課後も夢中になってボールを追い掛けた。見知らぬ同級生や他校の子供とも、サッカーをすればすぐに友達になれた。四年生に進級した時は待ちに待ったサッカー部に入り、その頃からプロの試合も血眼になって追うようになり、彼らの鮮烈なまでの格好よさに魅了された。

日本中、いや世界中の人々がサッカーをやっていて、さらに数えきれないほどの人が試合に夢中になっている——その事実に凱人はひどく興奮した。サッカーは人々を、世界を繋げる架け橋だ。中学時代、クラブユースとの親善試合で才能の壁を痛感しながらもサッカーを続けられたのは、そんな理想が凱人の根底にあったからだ。

だからこそ、昨晩の父の言葉に、凱人は別種の衝撃と諦観を与えられた。サッカー選手になっても意味がない、熱意を注げばこそ悪意を向けられる——それはこれまで凱人が考えもしなかった概念だったから。

ただ、それだけであれば凱人は、クラブの入会テストを受験していたかもしれない。少なくともサッカー部を辞める選択はしなかったはずだ。

最後のひと押しとなったのは、翌日の新聞のスポーツ欄に載っていた見出しの文言だ。

【J1リーグ第三十四節　あわや乱闘騒ぎに】

穏やかではないそんな一文から始まる記事には、選手のラフプレーが発端で試合が一時中断する騒ぎとなり、サポーター同士の小競り合いが警察沙汰に発展したことまで載っていた。

凱人がそのニュースを気に留めたのは、その件で怪我を負った選手が、凱人の出身中学の卒業生だったからだ。凱人がスカウトを受けたサッカークラブのJ1選手にまで上り詰めた彼は、凱人にとって同郷の誇りであり、目標とする選手のひとりでもあった。

彼の精悍《せいかん》な笑顔が、敗北ではなく悪意の苦痛に歪む様を想像する。

それを自分に重ね合わせた凱人は、胃に重石が落とされたような感覚を味わい、同時に根本的な疑問を抱いた。

——僕、何でこんなものに熱中していたんだっけ?

サッカー好きに悪い奴はいないと思っていた。サッカーは世界と繋がり得る革新的なツールだと思っていた。しかし現実はこれだ。勝利のために時としてルールを破り、他人を傷付け、分断を生むことさえ厭《いと》わない——プロとして生きるとは、そういう覚悟を持った相手と、そういう覚悟で戦っていくことなのだ。

何もわかっていないのは凱人の方だった。サッカーのピッチは凱人の想像を遥かに超えた、過酷で殺伐とした戦場だった。

才能の有無や、家計の余裕以前の問題だった。きっとこんな風に思い悩んでしまう時点で、凱人にプロを志す資格などないのだ。

父との会話から三日後、凱人は顧問に申し入れ、サッカー部を退部した。顧問は思い留まるようういくつかの言葉を掛けてくれたが、凱人の意志は変わらなかった。

放課後、サッカー部の部室ではなく北門へ向かう時、凱人は少し寂しい気持ちだった。

それでも凱人は、今の気持ちを引きずったままサッカーをすることはできないと思った。

帰り際の凱人を見付けたチームメイトが、駆け寄って声を掛けてくる。

「凱人、本当にサッカー部辞めちまうのか？」

「うん、まぁ僕あんま頭よくないし、早めに大学受験に向けて集中するべきかなって」

凱人が無難にそう答えると、彼は渋い表情で食い下がろうとする。

「真面目だなー、息抜きにでも続ければいいじゃん。前の試合でユウに怒鳴られたことなら気にすんなよ、どうせ今頃あいつも忘れてるって」

「ありがとう、でも本当にそんなんじゃないんだ。こう言うとアレだけど、新聞のスポーツ欄がちょっと気になったっていうか、読んでたらサッカーなんて頑張っても意味ないんじゃないかって思えてきてさ……」


瞬きのあとに亜愛がいた場所は、だだっ広い劇場の中央席だった。

しかし、目まぐるしいロケーションの変化など気に留める余裕もないほど、亜愛の心臓は早鐘を打っていた。自らが犯した思い違いの重大さと、それをにわかに認められない気持ちがせめぎ合い、しばらく身動きができずにいた。

それでも、理屈ではなく直感が、今見た経緯が真実であることを亜愛に確信させてくる。

「そう……だったんだ。凱人がサッカーやめたのって、ミサの漫画のせいじゃなかったんだ……」

呆然と亜愛が呟くと、劇場の床から地鳴りのような声が響いてきた。

「……そうだよ」

そこでようやく、亜愛は硬直を解き、立ち上がった。

上下左右に素早く視線を走らせるが、動くものは何もない。

亜愛の皮膚にじっとりとした汗が滲む中、怨嗟に満ちた謎の声は、次第にその声量を増していく。

「全部全部、亜愛の勘違いだったんだよ。それなのに亜愛は、私の漫画のせいで凱人がサッカーをやめたって思い込んで、そのせいで私はあんな大怪我を負っちゃって……」

肩にポンと手を置かれた亜愛は、ぜんまい人形のようにぎこちなく振り返った。

「え……ミ、ミサ？」

怯えた亜愛の視線の先にいたのは、真顔で佇む夕霧未沙乃。

その顔の右半分が、突如としてどろりと溶け──。

「セキニン、ドウ取ッテクレルノ？」

顔半分が骸骨となった未沙乃は、不気味に顎の骨を鳴らして尋ねた。

悍ましい未沙乃の姿を目にした亜愛は、あらん限りの悲鳴を上げ、蹴《け》躓《つまず》きながら逃げ出した。

「いやあああああああああああああぁッ!?」

「待〜〜テ〜〜」

座席の合間を縫って全力疾走する亜愛を、顔が崩れた未沙乃は両手を伸ばして追い掛ける。劇場のあちこちからゾンビやら幽霊やら狐火やらが湧き上がり、亜愛はそのたびに悲鳴を上げて方向転換する。

未沙乃の意趣返しは、亜愛が心身ともに疲弊するまで続いた。

⏳

未沙乃が亜愛を心行くまでやり込める様を、僕はスクリーンの反対側から眺めていた。

襲われている亜愛からすれば生きた心地がしないだろうが、傍から見る分にはちょっと凝った肝試しでしかなく、僕は呑気に呟く。

「未沙乃、ノリノリだなー……いろいろ溜まってたんだろうなぁ……」

恐怖に顔を歪めて逃げ惑う亜愛に多少の同情心が湧くものの、亜愛がしたことを思えばこれくらいは当然の報いだろう。未沙乃は僕が受けた仕打ちの分もやってくれているのかもしれないけど。

やがて亜愛は、劇場前方のステージ部分で盛大に躓き、うつぶせに転んでしまった。

「はぁーっ……はぁーっ……」

動きを止めた亜愛に、半分骸骨の未沙乃と、彼女が生み出した魑魅魍魎《ちみもうりょう》がじりじりと迫る。

目尻に涙を浮かべた亜愛は、息も絶え絶えに言い放った。

「何なの、もう！　私をいたぶってそんなに楽しいの!?」

そして大の字で寝そべり、開き直ったように叫ぶ。

「もういいよ！　ミサの好きにすればいいじゃん！　全部私のせいなんだから！　何もかも私が悪いんだから！」

精根尽き果て、無抵抗の構えを取った亜愛を、未沙乃はじっと見下ろしている。

騒乱から一転した静けさの中、未沙乃は亜愛に訊いた。

「ねぇ、もしかして亜愛、私に何か隠してることがあるんじゃない？」

「はぁ……？」

亜愛は未沙乃への恐怖心も忘れた様子で、呆けたように訊き返した。

未沙乃は亜愛の傍にしゃがみ込み、質問を重ねる。

「この夢世界ではね、嘘をつくことができないの。だからこんな風に脅せば、亜愛の言い分が聞けると思ってた。だけど亜愛は、自分が悪かったことは認めたけど、それだけだよね。亜愛はあの時どういう気持ちで、どうして私にあんなことをしたの？」

未沙乃が自分の顔半分を右手で撫でると、骸骨は一瞬で瑞々しい肌に戻った。

元通りの姿になった未沙乃は、真剣な面持ちで亜愛に言い募る。

「私はね、中学での決裂を踏まえても、亜愛と友達になれたこと自体はずっといいことだったと思っていたよ。だけど亜愛は本当に、私のことを突き落としたいくらいに毛嫌いしていたの？　夢の世界でくらい、包み隠さず全部話してよ」

亜愛は寝そべったまま顔を背け、蚊の鳴くような声で呟いた。

「……ミサを見ていると、惨めな気持ちになったから」

意外なひと言に、未沙乃は目を瞬いた。

亜愛は半身を起こし、訥々と話し出した。

「中学の時にクラスメイトが『漫画なんてオタクっぽい』とか『ダサい』とか言うから、私も『だよね～』って合わせてたら、高校生になった途端そういう趣味を堂々と言う人が増えて、中には中学時代からコロッと意見を変えた奴までいて。裏切られたみたいな気になって、正直すごくムカついてたの。小学生からずっと漫画好きを貫いてるミサは、画力を認められて小斗井新聞に連載するようになったのに、それをバカにしていた私は周りに流されるばっかりで何ひとつ成長していなくて、近寄ってくる男も私の見た目にしか興味ないようなチャラい奴ばっかりで。自業自得っていうか、類は友を呼ぶっていうか、そんな私の現状がすごくダサく思えて……」

語る亜愛の頬を、ひと筋の雫が伝った。

亜愛はそれを拭うこともせず、潤んだ声で思いの丈を吐露する。

「だから、あんたの漫画のせいで凱人がサッカーをやめたって勘違いした時、実はちょっとスカッとしたの。やっぱり漫画なんてロクなものじゃない、私の考えは正しかったんだって。それで、何て言うのかな……『私がミサの間違いを正してあげなくちゃ』って熱くなっちゃって、漫画の原稿を叩き落とそうとしたの。だけどミサの体に当たっちゃって、階段から落ちたミサは動かなくなって、私、怖くなって……」

迎合と嫉妬、歪んだ正義感、そして不慮の事故。それらが重なった結果が、未沙乃に振り掛かった災難の正体だった。

亜愛が語り終えたあと、未沙乃は深呼吸をひとつ挟んでから切り出した。

「亜愛。私たち学生は、一日の三分の一を寝て過ごして、三分の一を家族と過ごして、残りの三分の一を学校で過ごしているんだよ」

「は？」

唐突な話題の転換に、亜愛は間の抜けた声を上げた。

未沙乃は亜愛と視線を合わせ、真剣そのものの表情で続ける。

「学校は家と同じくらい大事で避けられない場所ってこと。前にも言ったけど、私、自分の家の居心地が悪くて、外で漫画を描くようになったのもそのせいなんだ。亜愛っていう友達ができたおかげで、私は家が憂鬱な居場所になっても、学校に行くことを楽しみにできたんだよ。だけど、亜愛が学校で私につらく当たるようになったから、私は家にも学校にも逃げ場がなくなって、この夢世界しか居場所がなくなっちゃったんだよ」

「……そっか」

噛み締めるように呟くと、亜愛は正座し、未沙乃に深く頭を下げた。

「私の自己中のせいで、ずっとミサはつらい思いをしていたんだね。今さら謝って済むことじゃないけど、本当にごめん」

「全くだよ。謝って済むなら警察はいらないよ。私だけならまだしも、凱人にまでひどいことして」

「えぇ……」

未沙乃がすげなく突っ撥ねたものだから、僕はつい困惑の声を零してしまった。てっきりこのまま亜愛を許す流れになるかと思っていた。

当の亜愛は、未沙乃の反応を予想していたとばかりに落ち着いている。

「わかってる。ミサを階段から突き落としちゃったこと、学校と親に言うよ。停学か退学か、それくらいは覚悟してる……」

「いいよ、そんなの。亜愛が停学になったって、私には何の利益もないじゃん」

きっぱりと断ってから、未沙乃は初めて笑顔になり、亜愛に提案した。

「亜愛。償いがしたいなら、小学生の時の約束を守ってよ」

「約束？」

譫言《うわごと》のように繰り返す亜愛に、未沙乃は頷く。

「うん。亜愛がシナリオを考えて、私が作画をするっていうアレ。私、やっぱりシナリオを考えるのが下手みたいだから、亜愛にお願いしようかなって。今はまだ寝たきりだけど、いつか私が目覚めた時のために準備しててよ」

耳を疑うとでも言いたげに呆然としたあと、亜愛は控えめに念を押す。

「漫画って……そんなことでいいの？」

亜愛の問い掛けを聞いた未沙乃は、すっくと立ち上がって気炎を揚げた。

「そんなことって言うけどねぇ、私、結構根に持ってるんだよ！　亜愛に『バカみたいにご都合主義的な内容』って言われたこと！　そこまでボロカス言うなら、亜愛はさぞかし素敵な面白いシナリオを考えてくれるんだよね？　私のよりつまんない話だったら、思いっきり鼻で笑ってやるんだから！」

大袈裟に指を差す未沙乃を可笑しく思ったのか、亜愛はクスッと笑った。

未沙乃に倣って立ち上がり、亜愛は右手を差し出す。

「わかったよ。指切りまでした約束だもん。遅くなったけど、ちゃんと守らなくちゃね」

「期待してるよ。この夢世界では、本当に針千本飲ませることもできちゃうんだから」

この約束を通じて、未沙乃と亜愛は今度こそ親友になれるだろう。

ふたりの握手を見届けた僕は、そんな確信にも似た思いを抱いていた。

亜愛が夢世界から去ったあと、未沙乃と僕はがらんどうの劇場で向き合っていた。

微笑む未沙乃の目尻には、涙さえ浮かんでいる。

「ありがとう。凱人のおかげで亜愛と仲直りできて、私、本当に嬉しい」

「よかったよ。亜愛に言いたかったこと、全部言えたんだな」

僕は心から安堵し、未沙乃を笑顔で労った。未沙乃の心残りが払拭されたことは、もはや訊くまでもない。

これが未沙乃の覚醒をどこまで左右するかは未知数だが、今の彼女の表情を見れば、少なくともマイナスに働くことはないと確信できる。

「亜愛と約束したんだな、また一緒に漫画を作るって。ずっと考えてたのか？」

「うん。物とか言葉とかより、一緒に何かをする方が、本当の意味で仲直りできそうだから。それに、約束を守るために早く目を覚まさなきゃって思えるしね」

夢世界に依存していた未沙乃が、亜愛とまっすぐな言葉を交わし、約束を結んだ。過去を清算し、未来に進むことを選んだ。その事実は必ず未沙乃の力となってくれるはずだ。

未沙乃は夢見心地の表情で余韻に浸り、声を弾ませる。

「何だか信じられない。最初は亜愛の姿を見ることさえ怖かったのに、今は夢みたいに幸せな気分だよ。早く現実で凱人や亜愛と会いたいなぁ……まぁ『夢みたい』って言っても、ここは夢世界なんだけど……」

ふと、未沙乃の体が映像のようにブレた。

同時に未沙乃は足元を大きくふらつかせ、転倒寸前のところで踏みとどまる。

「未沙乃？　どうしたんだ？」

「あ、あれ？　おかしいな、夢世界で立ちくらみなんて……」

怪訝に思って僕が尋ねたものの、未沙乃自身も不思議そうに首を傾げている。

たまたま足をもつれさせただけか——そう納得する間もなく、未沙乃の体にさらなるブレが生じる。

テレビの砂嵐のようなざらついた線が、着実に未沙乃の全身を覆っていく。

その異変に呼応するように、未沙乃の顔色が目に見えて悪くなる。

「な……何、これ……頭がくらくらして……気持ち悪い……」

「未沙乃っ!?　大丈夫か、しっかりしろ！」

僕はとっさに未沙乃に駆け寄り、彼女の手を取った。しかし未沙乃の体の異変は留まることなく、次第に全身の輪郭さえ蝕んでいく。

恐怖の表情を浮かべた未沙乃は、懸命に腕を伸ばして僕に抱き着いてきた。

「凱人、やだっ、離れないで……！」

未沙乃の声にも機械的なノイズが混じり出していたが、僕は迷わず未沙乃を両腕で包んでいた。未沙乃の体がこれ以上崩れないように、彼女とはぐれてしまわないように。

しかし僕と未沙乃の想いも虚しく、未沙乃の体はとうとう微細な粒子となり、掻き集める間もなく四方に霧散し——。

その直後、僕の視界は暗転した。


目覚めた僕は、すぐさまスマホで時間を確認した。

午前四時。外はまだ夜の帳が下りていて、言わずもがな病院は面会時間外。

それでも僕は、迷うことなく自転車の鍵を引っ摑み、着替えもそっちのけで自宅を飛び出した。ドアを開ける音で両親を起こしてしまったかもしれないが、気に掛けている暇はない。

夢世界の未沙乃にかつてない異変が起き、消えた。ひょっとすると現実の未沙乃に、何かあったのかもしれない。

逸る気持ちに突き動かされ、僕は一心不乱に自転車を漕ぐ。真っ暗な夜道を走っているせいで、何度も転倒しそうになったが、スピードは一切緩めない。

救急外来のすぐ傍に自転車を停め、僕は受付を無視して病院の奥に進む。

当直室で気怠げに座っていた男性事務員は、颯爽と駆け抜ける僕を二度見し、泡を食って飛び出してきた。

「ちょっとあなた、何ですか！　今は面会時間外ですよ！」

「こら、待ちなさい！」

騒ぎを聞きつけ、女性看護師も追手に加わる。

自分が不審者であることを承知の上で、それでも僕は足を止めない。

「すみません！　緊急なんです！　未沙乃が、未沙乃が……！」

病室までのルートは体が覚えている。自動ドアを抜け、スタッフステーションの看護師の奇異の眼差しもそっちのけで、僕は未沙乃の病室に飛び込んだ。

「未沙乃……!?」

電気を点ける手間も惜しみ、僕は祈るような気持ちで未沙乃の顔を覗き込む。

果たして――未沙乃は明らかに、これまでと様子を異にしていた。

「ん、うっ……！」

これまで眠り姫のように安らかな寝息を立てるばかりだった未沙乃が、まるで悪夢に魘《うな》されているかのように、苦悶の表情を浮かべている。

未沙乃の口から零れるざらざらした声は、最初は無意味な唸りのように聞こえていたが、やがて僕はそれが言葉であることに気付いた。

「がいと……がい、とぉ……」

未沙乃は喋っている。僕の名前を呼んでいる。

僕は弾かれたように動き、未沙乃の手を取って懸命に呼び掛けた。

「未沙乃！　僕はここにいるよ！　聞こえてるか⁉」

現実の未沙乃にかつてない変化が訪れ、僕は祈りながら声を掛け続ける。

――頑張れ！　頑張ってくれ、未沙乃！

声が届いたのか否か、未沙乃は脂汗を滲ませ、ひときわ大きな呻き声を上げげ――。

「――はぁっ⁉」

唐突に目を見開き、間近で見下ろしていた僕と視線がぶつかった。

驚いて仰け反った僕に対し、未沙乃は現状の把握すらままならない様子だ。

肩で息をしながら半身を起こし、未沙乃はかすれた声を発する。

「ここは……現実世界？　……だよね、病院だし……君は凱人、だよね……？」

目の前の出来事を、僕は信じられない気持ちで見つめていた。

半年間も寝たきりだった未沙乃が、今、たしかに起きて言葉を発している。

その事実に冷静さを失い、僕は裏返った声で言った。

「そうだよ、僕は凱人だよ！　よかった、目を覚ましたんだな、未沙乃！　すぐに看護師さんを呼んで……」

「ちょっと待って、凱人……！」

ナースコールを押そうとした僕の腕を掴み、未沙乃は息も絶え絶えにそう制した。

枯れ枝のような未沙乃の細い手が、僕の腕のあちこちを握る。

未沙乃の意図を測りかねて立ち尽くす僕に、未沙乃は初めて安堵の表情を浮かべて言った。

「……よかった、凱人は、ちゃんと現実世界に存在しているんだね……」

「なぁ、今はそれどころじゃ……」

一刻も早く診察と検査を受けるべきだろうに、未沙乃は緩やかに首を横に振り、頑なに手を離そうとしない。まるで僕の存在を入念に確かめるように。

「ううん、私にとってはこれが一番大事なことだから……そっか、現実の凱人って、こんなのなんだ……」

現実の未沙乃の声を聞き、僕は言葉にならないほどの感銘を受ける。

「未沙乃……本当に帰ってきたんだな、夢世界から……」

「うん……すごく頭痛いし、気を抜いたらすぐ意識飛びそうだけど……」

語る未沙乃の言葉は輪郭があやふやで、いつ倒れてもおかしくない状態だ。

それでも未沙乃は、自分の意識を保つがごとく、懸命に言葉を紡ぎ続ける。

「凱人と話をしている時、私、ものすごく不安になったの。ひょっとしたら亜愛との仲直りも、凱人の存在さえも、私の頭が生み出した都合のいい妄想なんじゃないかって。そう思った瞬間、私は真っ暗闇の中に放り出されて……このまま死ぬんじゃないかと思って必死にもがいて……気が付いたら、ここにいたの」

どちらからともなく、僕と未沙乃は手を取り合っていた。

未沙乃の手のひらは、冷たく、汗ばんでいて、小刻みに震えている。

夢世界では決して味わえないその複雑で複合的な情報が、未沙乃に対する感情をより一層掻き立てる。

「未沙乃、僕はここにいるよ。君が生み出した想像なんかじゃなくて、ちゃんと現実世界で生きている人間なんだよ」

僕が懸命にそう言うと、未沙乃は洟を啜って頷いた。

「そうだよね。真っ暗な中で、私を呼ぶ凱人の声が聞こえたの。その声があったから、私はここまで来ることができたんだよ。この先に凱人っていう希望があることを信じられたんだよ」

心臓の鼓動が自覚できるほど速まり、冷たかった未沙乃の手が少しずつ熱を帯びていく。

その熱を手のひらに収めるように、未沙乃はギュッと力を込める。

「現実が怖い気持ちは、まだちょっとあるけど……凱人がいてくれるなら、きっと大丈夫だって信じられるんだ。私、現実でも君の傍にいていいかな？」

僕は未沙乃の手を両手で覆い、額に押し当てた。

未沙乃に、そして自分に、誓いを立てるように。

「もちろんだよ。これから何があっても、僕が君の居場所になる。約束する」

未沙乃は嬉しそうに顔を綻ばせたものの、すぐに左手で額を押さえて呻いた。

「よかった……けど、マジで頭痛い……私、死なないよね……？」

そこで僕はハッと我に返った。よく考えたら今はこんな悠長なことをしている場合ではなかった。

ドアを振り返ると、看護師や医師が遠巻きに様子を窺っている。入るタイミングを計っていたようだ。

「すみません、すぐに未沙乃を診てもらえますか！」

「ずっとそのつもりで先生を呼んで待ってたんですよ！　全く、夕霧さんがやっと目を覚ましたってのに、最近の若いのは非常識ったらありゃしない……」

恰幅のいい女性看護師は悪態をつきながら医療ワゴンを転がし、当直の医師とともにてきぱきと準備を進めていく。

所在無くベッド脇に立つ僕を見上げ、未沙乃は言った。

「凱人。多分だけど、私の意識はもうすぐ飛んじゃう。そうなったら私は、また夢世界に戻ることになると思う」

その発言を裏付けるように、未沙乃の言葉は先ほどよりも不明瞭になっている。

そんな状態にありながらも、未沙乃は瞳に一層の力を宿し、僕に語り掛けてきた。

「それでも頑張るよ。現実世界で凱人と過ごせるように、亜愛と素敵な漫画を作れるように。だからさ……凱人ももう一度、サッカー頑張ってみようよ。夢世界でサッカーする凱人、あんなに楽しそうだったのに、やめちゃったらもったいないよ」

囁くような未沙乃の言葉は、僕の胸深くに刻み込まれた。

未沙乃には見透かされていたんだ。僕がサッカーに未練を残していることを。

「……そうだよな。未沙乃がこんなに頑張ってるのに、僕だけみっともない姿を見せられないよな。父さんにああ言われたくらいで簡単に諦めてちゃ……」

決意を新たにした僕を見て、未沙乃は悪戯っぽく笑った。

「その、凱人のお父さんのことだけどね。今度は私からいいアイデアがあるんだ」

深い眠りに就いていた父は、目を覚ますや訝しげに眉根を寄せた。

起きたのがベッドではなく座席だったのだからそれも当然だ。キョロキョロと辺りを見回し、困惑の声を上げる。

「何だ、ここは？」

父の覚醒を確認した僕は、ステージの陰から出て、父を歓迎した。

「ようこそ、父さん。ここは夢の世界だよ」

亜愛と同様、僕は寝る前、父に未沙乃が触れた折り鶴を手渡していた。亜愛と違い、未沙乃と全く接点のない父を連れてこられるかは未知数だったが、上手くいってよかった。

息子の登場に安心した様子はなく、むしろ不可解さが増したと言いたげに、父は問いただしてくる。

「夢の世界？　凱人が私をここに連れてきたとでも言うのか？」

「そうだよ。ここ、どこかわかる？」

平然と答え、僕は芝居がかった仕草で両腕を広げた。

僕たちが立っているのは、広大な音楽ホールだった。

白を基調としたトンネル形のホールは、壁面のみならず天井にまで洋風のレリーフや金装飾が施されており、天井からは豪奢なシャンデリアが下がっていて、さながら教会や神殿といった高貴な雰囲気を醸し出している。正面の一段高いステージの奥には、仰ぎ見るほど巨大なパイプオルガンが鎮座し、その対面には客席がずらりとひしめいている。吹き抜けの二階部分はアーチ状の柱が並び、そちらにも左右両側に多くの客席が設えられているが、今はまだホールには僕たち以外に誰もいない。

ステージの上方、天井付近の壁面に目を留めた父は、懐疑的に目を細めて呟いた。

「……ポーランドのアダム・ミツキェヴィチ大学か？」

「正解、さすがだね。五年に一度、ヘンリク・ヴィエニャフスキ国際ヴァイオリン・コンクールが開かれる会場だよ」

父の視線の先にあるのは、大学の校章、翼を広げた鳥のシンボルだ。

父は感慨に浸る素振りも見せず、僕にじろりと視線をよこす。

「こんなものを私に見せて何のつもりだ」

どことなく威圧的な視線にも物怖じすることなく、僕は父に尋ねた。

「父さん、本当はバイオリンをやめたことに、心残りがあるんじゃないの？」

父は鼻を鳴らし、大儀そうに顔を背ける。

「何の根拠があってそんなことを」

「わかるよ。僕ですらずっと続けてきたサッカーをやめた時、心の奥底にもやもやしたものが残っていたんだ。僕以上に才能と熱量を持って頑張っていた父さんが、あんな理不尽でバイオリンをやめることになって、何も思わないわけがない」

あるいはそれは、僕自身の願望、祈りであったのかもしれない。

だって、長年の憧れと努力の末に得たものが『息子へ忠告できること』だなんて、そんなの悲しすぎるじゃないか。

　だから僕は、この夢世界で見極めたかった。

　父が積み重ねてきた、そして切り捨ててきた、想いのすべてを。

「この夢世界で嘘をつくことはできない。父さんがやりたいこと、かつてやりたかったことを、心行くまでやってほしいんだ」

　ステージに置かれた一台の譜面台と、そのハンガーに掛けられたバイオリンを指し示し、僕は父に言った。

　しかし、バイオリニストたちの憧れの舞台を前にしても、父の口調は素っ気ない。

「くだらない、そんなことのために私を呼んだのか。夢の世界だか何だか知らないが、それがいったい何になる。悪いがそういうことなら私はもう目を覚まさせてもら……」

　父の言葉がそこで途切れたのは、自分がステージに上がり、バイオリンを手に取っていることに気付いたからだ。

　我が目を疑うと言いたげに狼狽する父を、僕はにやにやと笑いを堪えながら茶化す。

「ふーん、口ではそう言っても体は正直だね」

「バッ、バカなことを言うな！　私はお前をそんな品性のない子供に育てた覚えは……」

　珍しく焦燥に駆られた父の抗議は、しかしまたも別の要因で遮られてしまった。

　父がバイオリンを手に取るや、どこからともなくペンギンの大群が現れ、父をステージの奥へと押しやってしまったのだ。

「キュッ」「キュッ」「キューッ」

もふもふした白黒の波にさらわれながら、父は困惑の声を上げる。

「なっ、何だこれは！」

「準備が必要でしょ、衣装とかバイオリンの音合わせとか。じゃあ僕たちは観客席で待ってるから、どうぞごゆっくり」

「待て！　私はやると決めたわけでは！　というかなぜペンギンなんだ！　ぐっ、やめろ、私は……！」

抵抗虚しく、父はステージ横に併設された控室へと押し流されていった。

入れ替わるように身を潜めていた未沙乃が姿を現し、僕たちはどちらからともなく笑い合った。

そして、それから十分ほどが経ち。

二羽のペンギンに先導され、立派な燕尾服と蝶ネクタイに身を包んだ父が、困惑気味に控室から出てきた。予想よりもずっと様になっている。

数歩進んだところで、父はステージを見、驚愕に目を剝いた。

それもそのはず、先ほどまで無人だった客席は、一分の隙もなく人で埋め尽くされていたのだ。一階のみならず、吹き抜けの二階にまで観客がひしめき、父の一挙手一投足を注目している。無数の瞳に晒され、父は緊張からか硬直する。

だが、それはごくわずかな時間だった。目を閉じて深呼吸をし、次に目を開けた時には、父はいつもの毅然とした表情を取り戻していた。

父は僕を一瞥すると堂々たる歩みで譜面台の横に立ち、客席に向かって丁寧に一礼。

拍手が鳴り止むのを待ち、父はバイオリンの顎当てに顎を乗せ、弓を弦に宛がう。

さながら剣を構えた決闘直前のように、ホールの空気が張り詰める。

研ぎ澄まされた静寂に——父はこの上なく優しい一音を添えた。

明け方の澄んだ空気のような、透き通った湖のような、透明感と気品のある音色だった。

春の訪れを感じさせる軽やかな旋律ながら、随所にちりばめられた緩急がどこか物悲しさを漂わせている。初めて聴く曲だが、どこか郷愁を感じさせるメロディだ。

素人の僕には父の手元を見ても、ただ弓と弦を擦り合わせているだけにしか見えず、なぜこれほど美しい音を出せるのかまるで理解できない。弓を握る右手、弦を押さえる左手のみならず、全身をも躍動させる父の演奏は、さながら魂そのものが音色を奏でているかのようで、僕も未沙乃も片時も目を離せずにいる。

無心に演奏を続ける父の視線が、ふと観客席の一点に留まった。

途端、父の表情が引き締まり、僕の背筋が伸びた。

その直後、父の演奏に明確な変化が訪れた。

優しく儚げな音色から、力強く、頼もしさを感じさせる音色に。より音の輪郭がはっきりとしているが、粗雑な荒々しさはなく、先ほどとはまた違った趣のある旋律だ。奏でる父の表情は、何十歳も若返ったかのように精力的で、弓を動かす手も淀みない。

不思議な感覚だった。その姿を見た時、僕は『父にも自分と同じ学生時代があった』という当然の事実を、初めて本当の意味で理解できたように思えた。

いつまでも聴いていられそうな演奏にも、やがて終わりがやってくる。少しずつテンポを落とすにつれ、序盤の優しい音に立ち戻り、ビブラートとともに最後の一音がフェードアウトし——ホールには再び深い静寂が満ちた。

父が姿勢を正し、聴衆に向けて一礼をした瞬間、会場には割れんばかりの拍手が鳴り響いた。僕も未沙乃も、夢中になって父の演奏に賞賛の意を示した。

拍手を送り終えると、ひとり、またひとりと観客が霧のように姿を消していく。

いても立ってもいられず、ステージ上に駆け寄った僕は、その途中で父のぼやきを聞いた。

「やはりブランクが長すぎたな。音階のズレがひどくて聴けたものじゃない」

「ううん、すごかったよ！　正直感動した！　魂が込められているっていうのかな、本当に楽しんで演奏している感じがビシビシ伝わってきて……」

早口に言う僕はすっかり興奮しきっていた。語彙力の乏しさのせいで感動を伝えきれないのがもどかしいくらいだ。

父は手元のバイオリンを見下ろし、口角を上げる。

「バッハの『目覚めよと呼ぶ声あり』は、私が最も好んで練習した楽曲だ。厳しかったバイオリン教室の講師が、初めて演奏を褒めてくれた……実に子供じみた単純な理由だ」

そして譜面台のハンガーにバイオリンと弓を掛け、父は僕に尋ねた。

「あの観客席……懐かしい顔があったな。あれもお前が作り出したのか？」

会場にひしめいていた観客は、ステージ脇に佇む未沙乃を除き、気付けばひとり残らず姿を消している。

しかし父の演奏中、客席の前列中央——ステージ上から一番よく見えるそこには、父の高校時代の管弦楽部員たちが並んで座っていたのだ。年を重ねることなく、当時の姿のままに。

僕は父の指摘を認め、頭を下げた。

「うん。父さんの部屋の本棚にあった卒業アルバムを見て、管弦楽部の部員をこの世界に再現したんだ。勝手なことしてごめん」

「怒っているわけじゃない。私はお前の意図を知りたいんだ」

父の問い掛けは冷静かつ切実なものだった。

僕の記憶を基に未沙乃が再現した彼らは、本物の人間と見紛うほどに精巧なものだった。しかし所詮は夢世界の産物であり、たとえ再びこの場に呼び出したとしても、自我を持った会話をすることは叶わない。

それでも僕は、彼らのいる空間で父がバイオリンを弾くことこそが、必要なことだと直感していた。

「僕の友達が、同級生と喧嘩になって、ひどい怪我を負わされたんだ」

彼らがいた客席へ、そして未沙乃へ、僕は順に視線を向ける。

生まれた時代こそ違えども、人の心の根幹は変わらない。

「結局それは怪我させた子の勘違いで、ふたりはもう仲直りしているんだけど、その顛末《てんまつ》を見届けて思ったんだ。父さんの例の事件と共通点が多いって。父さんの親友がしでかしたことも、ひょっとしたら何かの間違いとか悪い偶然だったんじゃないかって。そして、今でも父さんはそう思っている節があるんじゃないかって」

単なる憶測だが、根拠がないわけではない。

あれほど苦い思い出を経験した高校時代のアルバムなど、とっくに捨てていてもおかしくないし、残すとしても保管場所は父の実家だろう。なのに、父の自室にあった上、管弦楽部の集合写真ページには、幾度となくめくられたような痕跡が残っていた。アルバムをめくる父の内心に、彼への憎しみとバイオリンへの後悔だけがあったとは思えない。

今さら真相など知りようもないし、父の心の古傷をえぐるだけの愚かな行為かもしれない――それでも。

「教えてほしいんだ。父さんのバイオリンは本当に、ああいう悲しい終わり方しか道はなかったの？　『バイオリニストの夢を本気で志してよかったと思えることは、息子のお前にこの忠告ができることだ』っていうあの日の言葉は、父さんの本心だったの？」

このまま中途半端に捨て置くべきではないと思った。

父の蟠りを解くためにも。そして、僕がこれからの生き方を考えるためにも。

無人の会場は、父の息遣いが聞こえるほどに静まり返っている。

過去に想いを馳せるように、父はそっと目を閉じる。

「本当は、バイオリンを続ける選択肢もあったんだ」

三十年の重みを伴った、絞り出すようなひと言だった。

左手で右手の甲を摩る父に、怒りや悲しみの気配はない。

「誰にも話さなかったことだが、火傷を負った三週間後には、ほぼ従前の演奏ができる程度には手の機能が回復していたんだ。事故特例の申請を行えば推薦入試を延期してもらうこともできた。それをしなかったのは、親友から受けた仕打ちが精神的に応えたからだが……」

父は客席の一点――旧友が座っていたそこを見据え、自問した。

「どうせやめるなら、なぜ彼に訊けなかったんだろうな。あの事故が本当に故意であったかどうかを」

その問いに答えてくれる者はいない。

しかし、その呟きにより、父は自身の心の奥に閉じこめていた記憶に触れたようだ。

父は首を横に振り、誰にともなく独白する。

「いや、違うな。訊きたくなかったから、訊くのが怖かったから、私は彼との関係を完全に絶つためにバイオリンをやめてしまったんだ。私は彼を都合よく利用して、自分の気持ちに蓋をした。あの日に私が捨てたものは、バイオリンだけではなかったんだ」

父は目頭を押さえ、深く嘆息した。

「そうか。あの時の私は、本当は寂しかったんだ。私がバイオリンをやめても、世界が何も変わらなかったことが。その寂しさをごまかすために、私はあれこれ詭弁《きべん》を弄《ろう》する大人になってしまったんだ。身の丈に合わない夢や理想を追うことはくだらない現実逃避だと思っていたが……私の方こそ、夢や理想から目を背けて現実に逃げてしまっていたんだな」

洟を啜り、顔を上げた父の目に、もう涙はなかった。

毅然とした表情で、父は僕と相対する。

「すまなかった、凱人。私はお前を不安にさせたり、サッカーを諦めさせたりしたかったわけではなかったんだ。ただ、凱人がかつての私と同じような目に遭う可能性を、どうしても黙認できなかった。しかしそれは過保護な親心だったんだな。お前はとっくに、私の心配など無用なほどに成長していたんだ」

大真面目にそんなことを言われたものだから、僕は何だか落ち着かない気分にさせられてしまった。

嬉しくないわけじゃないけど、過大評価もいいところだ。

「僕は父さんを恨んでいるわけじゃないよ。むしろ感謝しているんだ。父さんにああ言われなかったら、僕は何となくプロを目指して、いずれ父さんと同じような挫折を味わっていたと思うから」

サッカー選手になっても意味がない、心血を注ぐからこそ被害者にも加害者にもなり得る……それはひとつの側面では正しいし、今までの僕が持ち得なかった視点だ。

大事なのは、その視点に囚われることではなく、それを踏まえてさらに視野を広げることだったんだ。

「父さんの話を聞いて、一度サッカーから離れたからこそ、僕は気付けたんだ。僕はやっぱりサッカーが好きなんだって。嫌なことやつらいことにぶつかっても、覚悟と信念を持って立ち向かえば、それはいつか絶対に自分の人生の糧になるって。その勇気を、僕は父さんのバイオリンからもらったんだよ」

現実では恥ずかしくて言えない、嘘偽りのない言葉が、僕の口を衝いて出た。

僕の言葉を聞き、父は憑《つ》き物が落ちたような晴れやかな表情で頷く。

「ありがとうな、凱人。親はいつだって自分の子育てが間違っていないか不安なものだ。お前が確固たる自分の意志を持ち、人を思いやれる子に育ってくれたことを、私は人生の何よりも嬉しく思う」

そして父は、徐《おもむろ》に僕に歩み寄り、右手を差し出した。

「その心だけは絶対に手放すなよ、凱人」

「うん。今日の夢のこと、一生忘れないよ」

僕も父に倣って右手を伸ばし、親子の握手を交わす。

父の右手に刻まれた火傷痕が、今の僕には誇り高い勲章であるように見えた。

目を覚ましてダイニングに向かうと、食卓にはすでに父の姿があった。

新聞を片手にコーヒーを啜る父の表情は、心なしか普段より和らいでいるように見える。

「おはよう、父さん。昨日はいい夢を見られた？」

僕が開口一番そう訊くと、父は新聞から視線を上げ、口の端を上げて意味深に答えた。

「ああ。目が覚めるような、素敵な夢だったよ」

僕と父のやり取りを見ていた母が、野次馬根性を丸出しに割り込んでくる。

「えぇ？　何々？　どんな夢見たの？」

「ああ、何だったかな、よくは覚えていないんだが……」

焦る父が可笑しくて、僕は小さく噴き出してしまった。

——今日は素敵な一日になりそうだ。

そんな予感を抱いたのは、きっと僕だけじゃないだろう。

6章

夢現の狭間で

ある朝、父が出勤したあとで、僕は登校前に母に切り出した。

「ねぇ、母さんって何で父さんと結婚したの？」

「えぇ？　何でいきなりそんなこと訊くの？」

洗いものをする母に訊き返され、僕は何気ない世間話の調子で付け加えた。

「いやほら、父さんってちょっと無愛想なところあるじゃん。怒鳴ったりはしないけど、母さんとはほとんど正反対みたいな性格でさ。父さんが昔からあんな感じだったなら、どういうところに惚れたのかなって」

母はお皿についた泡を流しながら、回顧するように間延びした声を上げる。

「う～ん、そうねぇ、たしかに言われてみればそう思う気持ちもわかるけどねぇ……」

母は僕の方を振り返ると、気恥ずかしげにはにかみながら答えた。

「あの人ね、嘘を絶対につかないのよ」

「嘘を？」

僕の鸚鵡返しに、母は頷き、洗いものを再開する。

「えぇ、どんな小さな嘘も絶対につかないし、約束は絶対に守るの。料理の味が合わない時は正直にそう言うし、お出掛けの約束をした日は必ず仕事を切り上げて帰ってくるし。私が髪形変えた時に『前の方が好みだった』なんて言われた時は呆れを通り越して笑っちゃったわよ。まだそこまでの信頼関係もなかったのに」

「……そうなんだ」

楽しげな口調の母に対し、相槌を打つ僕は神妙な気持ちだった。嘘をついたことがない父が、夢世界で本音を吐露した姿が、脳裏にちらついてやまなかった。

父はバイオリンをやめたことに複雑な感情を持っていたが、その経験は父自身も意識していないところで、誠実さの裏打ちとなっていたのかもしれない。『自分の気持ちに蓋をして親友と向き合えなかったあの後悔は、もう二度と繰り返さない』と。夢を追うことによい面と悪い面があるのなら、諦めることにもまた両側面あるのだから。

憶測に過ぎないけど、僕は腑に落ちていた。そういう生き方があってもいい。そして僕は、そんな父の息子として生まれたことを幸運だと思っている。それで充分だ。

感傷的な気持ちはさておき、僕は好奇心の赴くままさらに質問した。

「父さんがそんなんで、喧嘩になったりしなかったの？」

「それが不思議なことにほとんどならなかったのよねぇ。あの人、言い方は丁寧だし、改善点までセットで言ってくれるから、その辺がよかったのかもね。私の料理に『不味い』なんてケチ付けるような奴だったら、とっくにぶん殴って三行半突き付けてるわ」

物騒な言葉を口にする母はケラケラと笑っている。父の言葉次第で今この場に僕がいなかったかもしれないと思うと、正直ちょっと背筋が凍る思いだ。

洗いものを済ませて手を拭きながら、母は続けた。

「凱人がサッカーやめちゃった時ね、あの人、珍しくちょっと弱気になってたわよ。『間違ったことを言ったつもりは決してない。だが私は、凱人によからぬ影響を与えてしまったんじゃないか』……って。うじうじ考えてる暇があるなら素直に謝ればいいのに、変なところで意地っ張りなんだから」

そして僕の方を顧みると、僕の顔を見て感慨深そうに言った。

「最近の凱人、本当にいい顔するようになったわね。何かあったの？」

「うん。未沙乃っていう入院中のクラスメイトがいるんだけど、その子と病院で話しているおかげで、今は毎日すごく楽しいんだ」

僕が力強く断言すると、母は朗らかに微笑んだ。

「そう、未沙乃ちゃんにはお母さんからもお礼を言わなくちゃね。元気になったらウチに呼びなさい。一緒にご飯でも食べましょう」

——父さんや母さんから疑惑の目を向けられるかもなんて、とんだ杞憂だったな。

かつての自分の愚かな考えを笑い飛ばせるのは、幸せなことだ。


あれから、僕の身の回りにはいくつか変化が訪れた。

一番大きな変化は、未沙乃がたびたび目を覚ますようになったことだ。

起きる時間帯は不規則な上、ほんの一～二時間ほどしか起きていられないという状態でこそあったものの、覚醒による刺激で脳機能は回復傾向にあるらしい。

この調子で快方に向かうのであれば、余命宣告は事実上撤回になるだろうという医師の所見を聞いた時、僕は立っていられないほどに安堵した。未沙乃の覚悟と勇気が、待ち受ける暗い運命を打ち破ったのだ。

未沙乃の東京転院は立ち消えになり、今の病院で引き続き治療を受けることになった。病室前で担当医と会話する未沙乃の母親を一度見かけたが、以前とは別人のように穏やかで、話し方も丁寧な敬語と『先生』呼びに変わっていた。

僕はあのあとに何度か、未沙乃が起きている時間に会えたことがあったが、その時の彼女はまさしく夢現という表現が相応しい状態だった。

余命宣告が取り消されたとはいえ、長期の昏睡から目覚めたばかりの未沙乃には、医師同伴かつ短時間という条件でしか面会できなかった。

その日も対面した未沙乃は、目の焦点が合わず、今にも眠りこけてしまいそうなほどにこっくりこっくりと舟を漕いでいた。言葉も不明瞭で、こちらの声や姿も充分に認識できていないのか、「凱人、いる？」という質問を何度も繰り返していた。夢世界での潑剌《はつらつ》とした彼女とはまるで別人だ。

未沙乃が不安にならないよう僕は彼女の手を取り、気遣いの言葉を掛けた。

「未沙乃、起きてるのきついだろ。無理はしない方がいいんじゃないか？」

「ううん、きついけど、今はこうしていたいの……次にいつ凱人に会えるかわからないし……」

弱々しく言う未沙乃は、存在を確かめるように僕の手を強く握る。

しばし僕たちのやり取りを観察していた女性医師は、立ち上がって僕に言った。

「バイタルは問題ありませんし、精密検査は後日にしましょう。今日のところは未沙乃さんとたくさんお話をしてあげてください」

「えっ、いいんですか？」

思いがけない提案に僕が驚くと、医師は優しい微笑みを浮かべる。

「はい。せっかく頑張って目を覚ましたのに、毎日検査ばかりというのも何でしょう。あなたと話すことは、未沙乃さんにとって大きな心の支えになっているようですし、その方がきっと予後のプラスにもなります。お話が終わるか未沙乃さんが眠りに就いたら、スタッフステーションの看護師か私に声を掛けてくださいね」

そう言い残すと、医師は手元のカルテに何事か書き留め、病室をあとにした。

ドアの開閉する音で不安になったのか、未沙乃は消え入りそうな声で訊いてくる。

「……凱人、まだいるよね？」

「ああ、いるよ。先生が今日はずっと僕と話しててていいってさ。よかったな」

「ずっと……？　えへへ、ラッキー……」

未沙乃は僕を見、無邪気にへにゃっと笑った。

うつらうつらとしながらも、僕の手を握る力だけは一時も緩むことがない。

未沙乃の体温を感じながら、僕は今の幸福を噛み締め、未沙乃が元通りの生活を送れる日まで支えようと誓った。

当の僕はというと、顧問に申し入れを行い、サッカー部に復帰した。未沙乃との会話、父の夢世界でのバイオリン演奏、そしてあの告白を聞いたことで、僕の中には『もう一度本気でサッカーをしてみたい』という気持ちが燃え盛っていた。

半年ほどで言動が二転三転した手前、疎まれることもやむなしと思っていたが、存外チームメイトは僕を快く受け入れてくれた。

プロになれるという確たる自信ができたわけでも、その先の不安が払拭されたわけでもない。だけどそれを踏まえて、僕はもう一度憧れた舞台に挑戦したいと思った。たとえそれで挫折を味わうとしても、正しい志を貫いたなら、それはきっと新たな道の糧になってくれるから。両親や未沙乃やチームメイト……つらい時に支えになってくれる人は必ずいると、今は信じられるから。

父との関係も、以前のようなギクシャクした感じはなくなり、休日には久し振りにクラシックのコンサートに一緒に行った。小さい頃に鑑賞した時は眠くて退屈なだけだったけど、夢世界で父のバイオリンを聴いた今は、一流に触れる奥深さが少しわかる気がした。隣に座る父は、学生時代に戻ったかのように若々しく楽しげな表情をしていて、それを見た僕も無性に嬉しい気持ちになった。

亜愛は夢世界に呼び出された翌日、僕と未沙乃に関する悪質なデマを訂正したらしく、僕がクラスメイトから白い目で見られることは大幅に減った。

一部の女子は尚も僕に疑惑や抵抗を持っているようだったが、当の亜愛が僕としばしば行動をともにするようになったことがよい方に風向きを変えてくれた。この調子ならあと一週間もすれば完全に沈静化するだろう。

以前、僕に心ないことを言ったタツは、登校後に顔を合わせるや、なりふり構わない大声で謝罪してきた。

「本当に悪かった！　凱人がそんなことするわけないのに、俺、デマを真に受けてとんでもないこと言っちまって……」

「もう気にしてないって、わかってくれたならそれでいいよ」

「いいや、それじゃ俺の気が済まねぇ！　一発ぶん殴ってくれ！　遠慮はいらねぇ！」

「べつに遠慮してないって……」

タツの強情さにはしばらく手を焼かされたが、教室で繰り広げられたそんな一幕も、僕の印象改善に一役買ってくれたのかもしれない。

また、亜愛は未沙乃との約束を守り、漫画のシナリオや設定案をノートにまとめ、未沙乃の病室に届けていた。起きている時に会えることはほとんどないらしいが、未沙乃は起きた時にノートに目を通して簡単な感想を綴り、そのあとに亜愛が回収するという流れでやり取りしているそうだ。創意工夫に満ちたふたりのコミュニケーションに、僕は素直に感心した。

この関係で僕と亜愛は時折一緒に未沙乃のお見舞いに行くようになったのだが、興味本位で『亜愛の漫画ノートを見せてほしい』と言っても、亜愛は頑として拒んだ。そんなに意固地にならなくても……と思ったが、それくらい亜愛が真剣に取り組んでいるのは喜ばしいことでもある。

ある日の病院に向かう道すがら、僕はかねての疑問を亜愛にぶつけた。

「亜愛、漫画のシナリオ考えるの、しんどくないか？」

「ん？　何でそんなこと訊くの？」

「だって、亜愛の兄貴が漫画のせいで引きこもったから、お前は漫画を嫌うようになったんだろ？　もし今でも同じ気持ちなら、いくら未沙乃への償いのためといっても、漫画に関わるのは複雑な気分なんじゃないかなって」

亜愛は未沙乃を心身ともに傷付けたが、だからといって嫌なことを強要するのはよくない。未沙乃も人が嫌がることを無理強いするような性格ではないし、もししんどいと言うなら未沙乃への償いは違う形でもいいのではないか、と思ったのだ。

だが、僕の懸念を、亜愛は何でもないことのようにサラリといなした。

「ああ、べつに今は平気だよ。言ってなかったっけ？　兄貴、去年の暮れに高卒認定受かって、四月から専門学校に入学するの。音響監督とか動画制作とか、そういう方向で創作に携わる仕事がしたいんだってさ」

語る亜愛の口調は、存外明るいものだった。

気恥ずかしげに口元を掻きながら、亜愛は続ける。

「ちょっと前までは兄貴憎しで深く考えなかったけどさ、夢でミサと話した日からいろいろ考えたの。兄貴がそうやって再起できたのも、漫画とかアニメのおかげだったんじゃないかって。今は兄貴のことをめちゃくちゃ嫌ってるわけじゃないし、私も漫画を楽しめてるよ。読む方も作る方もね」

「そっか、それなら安心した」

亜愛の心境の変化を聞き、僕は胸を撫で下ろした。未沙乃と亜愛が和解した今、亜愛は僕にとっても大事な友人だ。家族と険悪になったり心を痛めたりするのはよい気はしない。

話が一段落するや、亜愛は僕に話を振ってきた。

「凱人の方こそ、最近はどうなの？」

「ああ、やっぱりブランクが思ったよりもきついかな。未沙乃の病院まで通っていたおかげで体力的にはそうでもないけど、ボール捌きだけは部活を離れてた時間分はどうしてもね。春休み明けまでには勘を取り戻しておきたいけど……」

僕の言葉を、亜愛はどこか棘《とげ》を含んだ声音で遮った。

「そうじゃなくて、ミサのこと」

「え？」

急に横槍を入れられた僕は、危うく何もない歩道で転ぶところだった。

亜愛の眼差しは、僕への非難を多分に含んでいる。

「凱人、ミサのこと好きなんでしょ。ウチのクラスでも話題になってたよ。凱人が『僕が未沙乃にそんなことするわけないだろ』って叫んだこと。情熱的で大変結構だけど、ちゃんと告白して恋人同士になってんの？」

亜愛に追及され、僕は顔が熱くなるのを感じた。

気休め程度に顔を背け、僕はボソボソと答える。

「いや、付き合うも何も、未沙乃はまだ寝たきりだから……」

「だけど夢の中では会ってるんでしょ。そこで『好き』って伝えることはできるじゃん」

ずけずけと無遠慮に踏み込んでくる亜愛は、完全に僕が未沙乃のことを好きという前提で話している。実際その通りだから何も言い返せないんだけど。

ならばと僕は、開き直って堂々と亜愛に反論した。

「いやでも、未沙乃が僕のことを好きだとは限らないし！　たまたま夢世界に紛れ込んだから僕に優しくしてくれただけかもしれないし、未沙乃が不自由な状態で告白するのはアンフェアな気もするっていうか……」

「要するに、告白はしてないし、恋人同士でもないんだね？」

「……まぁ、そうだけど……」

根負けした僕が渋々認めると、亜愛は頭をポリポリと掻き、呆れ顔で溜息を吐いた。

「んなこったろうと思ったよ。ったく、ミサも凱人もそういうところはダメダメなんだから」

そして亜愛は、出し抜けに僕の鼻先に人差し指を突き付けた。

不覚にも尻込みする僕に、亜愛は威圧感さえ伴った声で忠告する。

「あのね、ミサの容態がよくなってるからって油断しすぎ。人はいつ何が起きるかわからないんだよ。変な病気に罹ったり、事故ったり、いきなり遠くに引っ越したりするかもしれない。目を覚ましたあとで他の男に取られる可能性だってゼロじゃない。伝えられる時に気持ちを伝えなかったら、あんたいつか絶対に後悔するよ」

「でも、未沙乃には他に好きな人がいるかもしれないし、やっぱり気持ちがはっきりするまでは……」

亜愛の気迫に圧倒され、あやふやな反論を試みる僕を、亜愛は容赦なく切り捨てる。

「ミサを言い訳にすんな。いま重要なのはあんたの気持ちなんだよ。あんたが心配するまでもなく、その気がないならミサははっきり断る。告白したら余計な気を遣わせるかも、なんて、どんだけ自意識過剰で過保護なの。女子のメンタル舐めんなよ」

恋愛強者の言葉に、未経験の僕は返す言葉もない。

所在なく縮こまる僕を見て、亜愛はシニカルに笑う。

「恋愛なんてもともとアンフェア上等なんだよ。今、ミサがあんたとしか話せないなら大チャンスじゃん。それともあんた、ミサが世界中の男と会うのを待ってから告白するつもりなの？」

亜愛の問い掛けが可笑しくて、つい僕も噴き出してしまった。

そんな極論を持ち出すなんて卑怯じゃないか……だけど、それもまたこれまでの僕には持ち得なかった視点だ。

「そうだよな。僕、また言い訳をして逃げるところだった。ありがとな、亜愛」

素直に感謝を伝えると、亜愛は後ろ手を組んでそっぽを向く。

「どういたしまして。……あーあ、損な性格だよな、我ながら」

「え？　何の話だ？」

「何でもなーい」

おどけた返事をする亜愛の背中が、どこか寂しげに見えたのは、僕の気のせいだろうか。


今夜の夢世界は、光がほとんど差さない深海だった。ここ最近の夢世界の傾向だが、やけに薄暗い。

チョウチンアンコウやウツボといった、ちょっと不気味さを感じる魚たちとすれ違いながら、僕は岩場に腰掛ける未沙乃を見付けた。膝にはペンタローを抱えている。

未沙乃は僕に気付き、嬉しそうに破顔した。

「あ、凱人、こんばんは」

「やあ。未沙乃、今日の検査はどうだった？　よくなってたか？」

「うん。連続四時間くらい起きられたし、検査の結果も悪くなかった。この調子で覚醒時間が延びれば、近いうちに退院して経過観察に切り替えることもできるだろうって」

「そっか、順調なら安心した……って言っていいのかな、そうなると未沙乃は病院じゃなくて家で過ごすことになるわけで……」

「あはは、もう平気だよ。私の親はそういうものだって割り切れてるし、今は前ほど当たりも強くないし。流石に病み上がりの私を前にふたりでいがみ合ったり、お説教したりするのは気が引けるんだろうね」

隣に腰掛けながら懸念を口にする僕を、未沙乃は愉快そうに笑い飛ばした。

未沙乃は遠くを見るように目を細め、しみじみとした口調で続ける。

「それに私がしんどかったのは、家の中よりもむしろ外に信頼できる人がいなかったことの方だから。今は凱人も、仲直りした亜愛もいてくれるし、亜愛と一緒に漫画を作るっていう目標もある。だから現実世界で元通りの生活を送れるようになるのがちょっと楽しみなくらいなんだ。……ただ、ね」

そこで未沙乃は言葉を切ると、膝上のペンタローをギュッと抱き寄せ、ぽつりと言った。

「多分、私の体が完全に治った時、この夢世界の能力はなくなっちゃう」

未沙乃の寂しげな言葉が、深海の静寂に溶けていく。

薄々、僕も勘付いていたことだった。今回とくに顕著だが、光源の乏しい深海といい強面の魚といい、この夢世界は明らかに未沙乃の趣味と懸け離れている。夢を創出する力が弱まっているのだろう。

未沙乃の覚醒を喜ぶべきか、夢世界の喪失を悲しむべきか。僕が掛ける言葉を決めあぐねている間に、未沙乃は訥々と話し続ける。

「ほとんど確信しているんだ。この世界でできることが少しずつ減ってきているから。今はもう、空を飛ぶことも、何かを生み出すことも、ロケーションを切り替えることもできなくて、ただランダムに見た夢の中で行動することしかできない。近いうちにそれすらできなくなって、私は夢を夢としてしか見られない普通の女の子に戻るんだと思う。元の生活に戻るためには仕方ないことだってわかってはいるけど……」

未沙乃が深く息を吐くと、口からこぽこぽと泡が零れた。それを追うようにして、未沙乃の腕からペンタローが飛び出した。

水面へと離れゆくペンタローを、未沙乃は名残惜しそうに見届けている。

「夢世界もさ、まるっきり悪い場所ってわけじゃないと思うんだよね。人は歩いてばかりじゃ疲れちゃうから、安心できる場所で意味もなくぼーっと過ごすことも必要で、私にとってはこの夢世界がそんな居場所だったの。だからもう二度とここに戻ってこられないと思うと……上手く言えないんだけど、ちょっと不安な気持ちにもなっちゃうんだ」

未沙乃の強い葛藤が、今の僕には身に染みるような感覚を伴って理解できた。

僕は広げた自分の右手を見下ろし、未沙乃への共感を口にする。

「わかるよ。何かを選んだり手放したりすることって、理屈じゃないんだよね。以前の自分にはもう戻れない、取り返しがつかないっていう事実そのものがすごく不安なんだ。人生はセーブポイントなんてない一発勝負で、別の道を試すことができないから」

僕は自分の右手を、未沙乃の左手に重ねた。

驚く未沙乃の目をまっすぐ見つめ、僕は言った。

「それでも、信じてほしい。君の中から夢世界の能力が失われても、僕は必ず君の支えになってみせるから」

この上なく真剣で、決意に満ちたひと言——のつもりだった。

なのに、未沙乃はキョトンとした目で僕を見たかと思うと、何とも言えない不可解な表情で頬をひくつかせ——やがて顔を背け、噴き出した。

「……ふ、ふふっ」

未沙乃の反応が、今の僕には幾ばくかショックだった。

「な、何で笑うのさ！」

顔が赤くなるのを感じながら、複雑な気持ちで未沙乃に物申すと、未沙乃は両手を振り回して必死に弁解した。

「ちっ、違うの！　バカにしたとかじゃなくて、その……嬉しくて」

「え？」

未沙乃の声は尻窄《しりすぼ》みに小さくなり、最後は何を言っているか聞き取れないほどだった。

未沙乃はすっくと立ち上がると、声の限りを振り絞って言い募った。

「だって今の、もはや愛の告白じゃん！　ずるいよ、急にそんな不意打ちを仕掛けてくるなんて！　ルール違反だよ！」

「え、えぇ？　ルール違反って……気を悪くさせちゃった？」

気圧される僕に、未沙乃は首を猛然と横に振り、さらなる声量で僕に迫る。

「そんなわけないじゃん！　嬉しいって言ってるでしょ！　夢世界じゃ嘘はつけないんだ

よ！　だからそんなこと言われたら、私は、私は……！」

今にも燃え上がりそうなほど真っ赤な顔を、未沙乃はもどかしそうに両手で覆う。

羞恥に悶える未沙乃に、僕は緊張しながら切り出した。

「いいよ、告白として受け取ってくれても」

「えっ……」

せわしなく身悶えしていた未沙乃は、僕のひと言でピタリと静止した。

言葉を失う未沙乃の肩に、僕は手を置く。

間近に迫った未沙乃の瞳は潤んでおり、僕の緊張も最高潮になる。

「僕は、未沙乃のことが……」

胸のドキドキで詰まった言葉の代わりに、僕が未沙乃の口元に、そっと唇を寄せた——

その時。

「ダメだよ」

そんな冷静なひと言で、熱に浮かされていた僕は我に返った。

未沙乃は口元に指で小さな×を作り、真面目な表情で言った。

「こういうことを夢世界でやるのは、違うと思う。ひょっとしたらこれ、私の脳だけが見せてる都合のいい夢かもしれないじゃん」

「そんなことないと思うけど……」

昂った気持ちのやり場を失い、僕はいささか未練がましい気持ちだった。

物足りなそうな僕を可笑しく思ったか、未沙乃は唇に指を当てて無邪気に笑う。

「大事なことは、やっぱり現実世界でしょうよ。現実は夢世界と違って取り返しが付かないけど、だからこそずっと素敵な思い出になるはずだから」

「そうだね。続きは夢が覚めたらにしよう」

お預けを食ったとはいえ、それが未沙乃を奮起させる一因になるなら悪い気はしない。

先に楽しみがある方が頑張れるのは、僕も同じだ。

和やかな空気になりかけたその時、暗がりから一匹の巨大なサメが姿を現し、大口を開けて未沙乃に迫り来た。

「うわっ！」

「未沙乃っ⁉」

咄嗟に体を庇った未沙乃の腕に、サメは鋭い牙を突き立てる。

僕はサメを殴って追い払おうとしたが、サメはすぐに未沙乃から離れ、悠然と深海の闇へと泳ぎ去った。

未沙乃は噛まれた腕を確かめ、安堵の笑みを浮かべた。腕には傷も血も付いていない。

「大丈夫、何ともないよ。初めてのことでちょっとびっくりしたけど……」

「怪我がないならよかった。コントロールできなくなっても夢は夢なんだな」

夢とはいえ間近に迫ったサメの迫力は圧倒的で、僕の心臓は未だにドキドキしている。

未沙乃はサメが消えた方に視線を向け、感傷的な口調で呟いた。

「あのサメ、もしかしたら夢世界が消える前にお別れの挨拶をしに来てくれたのかも。甘噛みみたいな感じで」

「あいつー、僕だってまだできてないことを……」

「ちょっと凱人、夢のサメに嫉妬？」

予想外のトラブルに巻き込まれつつ、そんな風に和やかに夢世界の夜は更けていった。

——そして、それが最後だった。あの日を境に、僕はとうとう未沙乃の夢世界に入れなくなってしまった。

未沙乃は目覚ましい速度で回復し、昼間の連続覚醒時間が六時間を超える日も珍しくなくなってきた。それと引き換えに、未沙乃自身も見た夢を覚えられなくなっているらしく、やはり夢世界の能力は容態改善に併せて失われつつあるのだろう。名残惜しい気持ちは僕にもあるが、きっとそれは喜ばしいことだ。未沙乃の逃避から生まれた夢世界が失われたということは、今の未沙乃は現実に希望を抱いているということなのだから。

春休みに入ると、起きている未沙乃と病室で会話する機会も着実に増えていた。目覚めたばかりの頃は点滴生活でやつれていた未沙乃だったが、少しずつ食事の量を増やしたことで肉付きがよくなり、僕や亜愛と話す時の表情も晴れやかなものだった。

ある日、とうとう退院予定日が決まったことを聞かされ、僕と亜愛は拍手して未沙乃の快復を祝った。

「おめでとう！　いよいよだな、未沙乃」

「ありがとう、ふたりがたくさんお見舞いに来て励ましてくれたおかげだよ」

「そんなの大したことじゃないよ。未沙乃が頑張った結果だろ」

「いやー、そう謙遜することもないいんじゃない？　何たって愛の力は偉大だからねー」

「もう亜愛、茶化さないでよ」

今の未沙乃は亜愛の軽口にリアクションする余裕まで見せている。目覚めたばかりの頃の意識が朦朧としていた未沙乃を思い出し、僕は感慨深い気持ちになった。

僕はスマホでカレンダーを表示し、未沙乃が口にした日付を確認した。

「退院予定日は……金曜日か。その次の月曜は始業式だな。もう普通に外を出歩いたりはできるのか？」

「うん。前みたいにいきなり寝落ちしちゃうようなこともないし、学校にも通うつもりでいるよ。体調によっては保健室と行ったり来たりするかもだけど」

未沙乃の答えを聞き、亜愛が何か思い出した様子で質問する。

「そういやミサ、進級はどうなるの？　留年？」

「ううん、特例で二年生に上がらせてもらえることになった。補講を受ければ大丈夫だろうって。私、学習塾に通ってたおかげで、一学期の時点で高一のカリキュラムは先取りしてたから」

「涼しい顔でとんでもないこと言ってる……」

「あはは、お母さんの教育熱心さに今回は感謝だね」

引き気味の亜愛に、未沙乃は得意げに笑ってみせた。つくづく人生は何がどう転ぶかわからないものだ。

僕は両手を合わせ、意気込んでふたりに提案した。

「なぁ、未沙乃がもう出歩けるなら、退院祝いに日曜日に三人でどこか遊びに行かないか？」

「「三人で？」」

未沙乃と亜愛が、同時に訊き返してきた。

言葉足らずだったかと思い、僕は補足する。

「ああいや、もちろんまずは家で様子見するとか、家族と過ごしたいとかならそれでいいんだけど。ずっと寝たきりだったのに、いきなり学校ってのもハードル高いかもだし、未沙乃の体を慣らす意味でも軽く出掛けるのはどうかなって」

「あー、私その日、家族旅行の予定入ってるわー。一緒に行けなくて残念だなー、これは凱人とミサがふたりきりで行くしかないなー」

僕が言い終える前に、亜愛はスマホを眺めながらやけに間延びした声で言った。

僕とも関わりがある亜愛と一緒なのがベストだったが、予定があるなら仕方ない。

「そうなのか？　じゃあ未沙乃か僕の友達を誰か誘って……」

「凱人、ちょっとこっち来い」

亜愛は突如、僕の襟を無遠慮に摑み、力任せに僕を病室の端に引っ張っていった。

呟き込む僕を気遣おうともせず、亜愛は小声で僕を問い詰めてくる。

「あんた、何考えてんの。ここはどう考えてもふたりきりで遊びに行く流れでしょうが」

「いやでも、未沙乃に万一のことが起こる可能性を考えると、女子同伴の方がいろいろ安心できるかなって……」

亜愛はやるせなさそうに首を横に振り、露骨な溜息を吐く。

「……あんたなりの論理があるのはわかった。その上で言うよ。ミサとふたりで行きなさい。このシチュで他の誰かを誘うとか論外だから」

「でも……」

正直なところ、いきなり未沙乃と出掛けることにハードルを感じているのも事実だ。夢世界と現実ではわけが違う。

尚も及び腰の僕だったが、亜愛は人差し指を眉間に突き付けて迫った。

「ふたりきりで、行け。誰か呼んだらぶっ殺すぞ」

「……はい」

ヤクザさながらの殺気立った目付きで凄まれれば頷くしかない。これ以上ゴネたら本当に殺されてしまいそうだ。

怯えきった僕を前に、亜愛は腰に手を当てて鼻を鳴らす。

「恋愛は遊びじゃないんだよ。ミサに何かあったらあんたが守ってあげる、当然でしょ。

全く、こんなことじゃ先が思いやられるわ」

　ひとしきり言いたいことを言って気が済んだのか、亜愛は僕を解放し、そのまま手をヒラヒラと振って病室をあとにした。

「んじゃ、そういうことだから私はこの辺で。あとはふたりで仲よくデートの計画を立ててくださいねー」

「デ、デート……」

　亜愛の口から零れた単語に、僕は何となく気まずくなり、未沙乃の顔をこっそり盗み見た。

　未沙乃は髪をしきりに撫でつけ、心なしか落ち着かない様子だ。話の端緒を見失い、これまでにない気まずい沈黙が病室に漂う。

　――やはりこれは、デート……ということになってしまうのだろうか。


　サッカー部の活動に専念したり勉強に励んだり、未沙乃や亜愛と談笑したりしながら迎えた退院日。

　部活があって退院には立ち会えなかったけど、昼頃に未沙乃からスマホにメッセージが届き、両親の同伴で無事帰宅したことが伝えられた。

　サッカー部の活動が終わった頃には、日曜に友達と遊びに行く許可を取り付けた旨の連絡も届き、僕はほっとした。

前日の夜はなかなか寝付けなかった。翌日が楽しみで眠れないなんて、まるで遠足にワクワクする小学生だ。

未沙乃は楽しんでくれるかな。うっかり失望させないようにしなきゃな。あれこれ思いを馳せているうちに考えることに疲れてしまい、僕は知らず知らず眠りに落ちていった。

そうしてやって来た、日曜日の昼下がり。

僕は夕霧家の近所のコンビニで未沙乃を待っていた。

家を直接訪問するのは未沙乃の両親にあらぬ誤解を与えかねないが、現地や駅集合というのも病み上がりの未沙乃を思うと不安がある。妥協案として徒歩二分のコンビニ前に集合という流れになった。未沙乃の負担にならないよう、外出の時間も三時間程度と事前に決めている。

春らしい陽気と見頃を迎えた桜並木に恵まれ、僕はさっそく期待を膨らませていた。まるで天気や桜さえも未沙乃の快復を祝ってくれているようだ。今日のデートが上手くいったら、未沙乃にちゃんと告白しよう。想いを馳せながら未沙乃を待つ、そんな時間すらも愛おしく感じる。

やがて歩道に見慣れた人影を認め、僕は片手を上げた。

「やあ、未沙乃。体は大丈夫か？」

「うん……えへへ、こうして外で会うと、何か変な感じだね」

淡い水色のワンピースに白いボレロを重ねた未沙乃が、照れ笑いを浮かべて言った。現実の未沙乃は夢世界より小柄な感じがして、内気な言動と相俟って、有り体に言うならとてもかわいい。ちょうどコンビニの脇にある桜が満開で、舞い散る花びらがより雰囲気を際立たせている。

今日のデートの目的地は水族館だ。『本物のペンギンを見たい』という未沙乃の希望で決定した。コンビニ近くのバス停から駅に向かい、地下鉄で水族館の最寄り駅へ。

休日だから出歩く人も多い。途中、何度か通行人とぶつかりそうになったり人波に流されそうになったりして、電車から降りる時の未沙乃はさっそく目を回しかけていた。

「ひー、やっぱり現実は夢世界と全然違うなぁ、水族館に行くだけでもこんなに大変なんて……」

足元をふらつかせた未沙乃を、僕は左腕で抱えて支えつつ、右手で彼女の手を取った。

驚いた表情の未沙乃に、僕は喧騒に負けない声で言った。

「しっかり握ってて、はぐれないように」

「……うん」

未沙乃は拒否することなく、僕の手を握り返してくれた。顔を伏せる未沙乃の表情は窺い知れなかったけど、多分僕と似たり寄ったりだろう。こんな形で心を通わせられるなら、不自由な現実世界も悪くない。

クラスメイトと鉢合わせする可能性を考えると気後れする部分もあったが、未沙乃を預かる者として、彼女に万一のことがあってはならない。

——いや、クラスメイトと出くわすことが何だ。僕が未沙乃の居場所になる、告白すると決意したばかりじゃないか。

水族館に続く歩道を、手を繋いだまま意気込んで歩く最中、僕は未沙乃の控えめな声を聞いた。

「凱人、ちょっと手が痛いかも……」

「あ、ご、ごめん！　気合い入りすぎちゃって……」

僕は慌てて未沙乃の手を解放した。

さっそく悪手を取り消沈する僕の頬に、未沙乃はそっと手を添えて言った。

「ううん、嬉しいよ。ちゃんと私のこと守ろうとしてくれてるね」

気持ちを汲んでくれたことが嬉しくて、僕は早くも感極まってしまった。

しかし嬉しい気持ちも束の間、受付で二枚分のチケットを買う時に声が上擦ってしまい、顔が熱くなった。やっぱり現実は夢世界のようにはいかない。

水族館の入場ゲートをくぐると、すぐさま壁一面のガラス張りの水槽と、その中を悠然と泳ぐイルカやシャチが視界に飛び込んできた。

水槽に齧り付く子供たちと一緒になり、未沙乃は感嘆の声を上げた。

「すごーい！　シャチってこんなに大きかったっけ！」

キラーウェイルという物騒な英名や巨体とは裏腹に、つややかな黒い体と目のように見える白い模様は、どことなく愛嬌を感じさせる。ペンギンやパンダもそうだけど、モノクロの生き物はそれだけでやけに可愛らしく見えるから不思議だ。

順路に沿い、僕たちは海の生き物たちを興味深く観察する。

純白の体で優雅に泳ぐベルーガ、竜巻のようなイワシの群れ、青・黄・オレンジなど彩り豊かな熱帯魚と珊瑚礁……本物の海のようなスケールと情報量に、僕たちは圧倒されっ放しだった。ウミガメを見た時はあまりのサイズ感に光の屈折を疑ったほどだ。

「すごいね、現実って。私の想像力なんかじゃ全然太刀打ちできてなかったんだな」

水槽を眺めながら、未沙乃はぽつりと呟いた。夢世界は自分にとって理想的な世界を生み出すことができるが、それは自分の想像力に縛られていることと同義だったんだなと、僕自身も実感させられた。

豊かな想像力とは、勝手に湧き上がるものではなく、現実の知識や経験を下地にして育てていくものなのだろう。巨大なウミガメを見た昔の人が、その背中に乗る想像をして、後世まで愛される物語を生み出したように。

——それにしても未沙乃、本当に楽しそうだな。

未沙乃の表情は、夢世界にいる時よりもずっといきいきしている。彼女のふとした笑顔や仕草を見るたび、僕はドキッと胸がときめくのを感じた。この気持ちは絶対に、一過性のまやかしなんかじゃない……そう確信できるほどに。

この先の通路を曲がれば、もうすぐお目当てのペンギンコーナーだ。心なしか未沙乃の足取りも軽やかになっている。

薄明かりに照らされ、涼しい空気が流れる展示場に足を踏み入れた瞬間、未沙乃は無邪気に目を輝かせた。

「わぁ……！」

一面の巨大ガラスの向こう側、岩場と氷床を模した足場に、ペンギンたちが整然と並んでいる。それも十や二十ではなく、百余羽はいよう大所帯で。

陸地にいるペンギンの動きは全体的にのったりとしたもので、大半は足場に並んで立ち、白いお腹を惜しげもなく客に晒している。それとは対照的に、水中を泳ぐ彼らの素早さたるや、まさに『海中を飛ぶ鳥』という表現が相応しい。

ちょうど餌の時間だったらしく、魚入りのバケツを持った飼育員がバックヤードから姿を現し、次々に魚を放って餌やりを始めた。

途端に動き出し、器用に嘴でキャッチして魚を丸呑みするペンギンを、僕はしげしげと眺める。

「見れば見るほど不思議な生き物だよね、ペンギンって。夢世界と違って触れないのが残念だな」

「うー、飼育員さんが羨ましい……進路選択、水族館飼育員にするのもアリかな……」

足元に甘えてくるペンギンを撫でる飼育員を、未沙乃は羨望の眼差しで見つめている。

すると、一段高い所に陣取るコウテイペンギンがやおら小刻みに体を震わせ、野太い鳴き声を発した。

「ぷぇーぷぇぷぇぷぇぇーっ！」

その奇《き》矯《きょう》な鳴き声がペンギンのものであることに、未沙乃は一瞬気付けなかったようだ。ずんぐりと太ましいコウテイペンギンが、ひと仕事終えたようにフリッパーをはためかせている姿を見て、未沙乃はぽつりと呟く。

「本物のコウテイペンギンってこんな鳴き方するんだ……何ていうか、鳴き声はあんまり可愛くないかも……」

「あはは、皇帝らしい豪快さで僕は好きだけどね。ヒナの鳴き声はちゃんと可愛いよ。あとで動画見せてあげる」

観賞用の段差に腰掛けてガラスの向こうを眺めながら、僕たちはペンギン談議に花を咲かせた。未沙乃のお気に入りはジェンツーペンギンで、カチューシャみたいな頭の模様と黄色い嘴がキュートだからとのこと。言われてみればペンタローの外見に一番近いかもしれない。

話が一段落したところで、未沙乃は切り出した。

「実はね、私にとってペンギンは、ちょっと特別な生き物なんだ」

失われた力と、遠い過去に想いを馳せるように、未沙乃は自分の手のひらを見つめる。

「まだ私が小さい頃、家族で水族館に行ってね、こんな感じのたくさんのペンギンを見たの。場所とか細かい記憶はあやふやなんだけど、みんな喧嘩せず寄り添ってる姿がすごく印象的で、『私もペンギンと友達になりたい！』って言ったら大声で笑われてさ。……私にとっては、家族みんなが仲よかった頃の大事な思い出なんだ。それで夢世界に閉じ込められた時、記憶を頼りにペンギンを作り出したら、すっかりペンギンラブになっちゃって」

未沙乃にとってペンギンは、幼い頃の幸せの象徴だったわけだ。

諸々に合点が行き、僕は頷く。

「なるほどね。夢世界のペンギンがあんなキューキュー鳴いてたのは、鳴き声を覚えてなかったからだったんだ」

「仕方ないでしょ、この見掛けであんなラッパみたいな鳴き声だなんて想像できるわけないじゃん！」

未沙乃はわざとらしく頬を膨らませ、すぐに噴き出した。

「ふふ、想像もできなかったこと、今日だけでたくさん経験しちゃったね」

「そうだね。先生に折り鶴を届けてって言われた時は、まさかこんなことになるとは夢にも思わなかったよ」

未沙乃に続き、僕も頬を掻いてはにかんだ。

折り紙を早めに取りに行かなければ、他の女子が先生の依頼を受けていれば、今、僕の隣に未沙乃がいることはきっとなかった。こういうのもバタフライエフェクトというのだろうか。数奇な運命もあったものだ。

いや、それだけじゃない。よく考えればその前から——。

ペンギンコーナーを過ぎた辺りで、折しもイルカショーが始まるアナウンスが流れたため、僕たちはショー会場の屋外プールに向かった。

　水上五メートルほどの高さに吊り上げられたボールにタッチする迫力のジャンプや、アーティスティックスイミング顔負けの息の合った演技に魅せられた僕たちだったが、せっかくだからと前方の席に座ったことが災いし、大きな水の塊が僕の頭に降りかかってしまった。

　隣の未沙乃は運よく被害が少なかったものの、すっかり濡れ鼠《ねずみ》になった僕を見て目を丸くしている。

「わっ、凱人、大丈夫!?」

「平気平気、今日結構あったかいし、放っとけばすぐ乾くから……」

「ダメだよ、風邪引いたらどうするの！　ほら、拭いてあげるからじっとしてて……」

　未沙乃はハンカチを取り出し、僕の髪や顔を入念に拭いていく。

　その最中、僕と未沙乃の視線が間近でかち合い、未沙乃は我に返ったように硬直した。

　顔から火が出そうなほどに頬を染めた未沙乃からハンカチを受け取り、僕はぎこちなくお礼を言う。

「あ……ありがとう、あとは自分で拭けるから……」

「う、うん……」

夢世界と違って簡単に乾かないのは不便だけど、未沙乃と一緒ならちょっとしたアクシデントも特別な思い出だ。

イルカショーのあと、僕たちは屋外にケープペンギンの展示コーナーがあることに気付いて立ち寄った。寒冷地に住むイメージが強いペンギンだが、ケープペンギンやフンボルトペンギンなど温暖な地域に生息する種族もいるんだとか。環境の違いのせいか、屋内にいたペンギンたちより地上での動きが活発に見える。

食い入るように眺めていた未沙乃は、妙に真剣な口調で訊いてきた。

「ねぇ凱人、ケープペンギンなら私にも飼えるかな?」

「……飼ってる人の話を聞いたことがないし、難しいんじゃないかな。飼育環境とか餌の問題もそうだけど、群れで行動する生き物だから、ストレスを与えないためには何羽も飼う必要があるんだと思う」

「そうだよね。友達がいなくちゃペンギンも寂しいよね」

未沙乃の感傷的な呟きは、きっと夢世界でひとりきりだった頃に思いを馳せたものだろう。フリッパーを広げてぺこりと頭を下げたペンギンに、未沙乃は微笑んで手を振った。

そのあと、僕と未沙乃はお土産コーナーに寄り、お揃いのジェンツーペンギンのキーホルダーを購入した。「宝物にするね」と言う未沙乃の笑顔が、僕にはとても眩しく見えた。

海の世界を存分に満喫し、退場ゲートを抜けると、陽はすでに大きく傾いていた。

凝った体をほぐすように伸びをする未沙乃は、心の底から満喫しきった笑顔だ。

「あー、すごい楽しかった！　絶対また来ようね！」

「ああ。未沙乃は今日見た中で何が一番よかった？　やっぱりペンギン？」

「うん！　でも、ベルーガもすごくよかった。真っ白な体につぶらな瞳がたまらないっていうか……」

熱を込めて語る未沙乃に、待ち合わせ時の気弱さは見る影もない。未沙乃を外の世界に慣らすという最大の目的が果たせて何よりだ。

水族館の感想を交わしながら、僕は自分の気持ちを冷静に見定める。

今日一日を通して、僕の未沙乃への想いは、萎むどころか一層強くなっている。未沙乃のささやかなひと言が、一挙手一投足が、僕の心を惹きつけてやまない。

この気持ちを伝えるのに、もう何の憂いも迷いもない。

会話に区切りがついたところで、僕は立ち止まって切り出した。

「未沙乃。今日僕たちがこうしてここにいるのって、すごい運命的なことだと思うんだ」

未沙乃もまた立ち止まり、不思議そうに僕を見上げてきた。

僕は空を仰ぎ、これまでの出来事に想いを馳せる。

「父さんのことも、サッカーのことも、亜愛のことも、折り鶴のことも。どれかひとつでも噛み合っていなかったら、僕たちの人生が交わることはなかった。何より、出会った女の子が未沙乃じゃなかったら、きっと僕はここまで辿り着けなかった。夢世界の未沙乃はいつも輝いていて、僕を優しく受け入れてくれて、しかも現実世界の未沙乃はそれ以上に魅力的で……そんな君の隣にいられて、今の僕はすごく幸せな気持ちだよ」

続く僕の言葉を予期したかのように、未沙乃は息を詰めている。

ようやくこの言葉を言える。夢世界じゃなく、この現実世界で。

胸が高鳴り、今にも爆発しそうだ。それでも今回だけは台詞をつっかえさせるわけにはいかない。

思いの丈を掻き集めるように、深く息を吸い込む。

そして僕は視線を下ろし、未沙乃の目を見つめて言った。

「未沙乃、僕は君が好きだ。僕の大切な人に……恋人になってくれないか？」

一世一代の決意を込めた告白は、思いのほか素直に僕の口から出てくれた。

未沙乃は瞳を潤ませ、震える唇を懸命に動かし——ごく小さい声で答えた。

「……うん。こちらこそ、よろしくお願いします」

風や喧騒に掻き消えてしまうほどささやかな声だったが、僕にとってはそれで充分だった。

僕は破顔し、改めて未沙乃の手を取る。

「よかった。これからは恋人としてよろしくな、未沙乃」

未沙乃が顔を伏せてしまい、人の目も多かったため、キスのタイミングは逸してしまった。それでも僕の中に未練はなかった。焦ることはない。大事なことは未沙乃ともっと心を通わせてからでいい。人間、先に楽しみがあった方が頑張ろうと思えるものだ。

告白が成功し、現実世界での初デートも終わりに差し掛かり、多分僕は気が抜けていた。

地下鉄を降り、地上に出ると、空はすでに紅に染まっていた。見慣れた道に戻ってきたのが、今は少し名残惜しい。

バス停に向かうため、僕と未沙乃が手を繋いで青信号の横断歩道に踏み出したところで、僕は不自然なエンジン音を聞いた気がした。

何となしに左を見ると、黄昏の薄闇から、白いワンボックスカーが猛然とこちらに迫っている。

車道はもちろん赤信号だが、車がスピードを落とす気配はない。右手側の未沙乃は、僕の陰に隠れて気付いていない。

僕は呼吸も忘れ、未沙乃と繋いだ右手を思いっきり後ろに引いた。

「未沙乃、危ないっ！」

「えっ……!?」

僕の手に引っ張られ、未沙乃は後方の道路に投げ出された。

しかし、未沙乃を引いた反動で、代わりに僕がワンボックスカーの正面に躍り出てしまう。

車は減速するどころか、むしろ速度を上げて僕の体側に突っ込み、ゴム毬《まり》よろしく僕を宙に吹き飛ばした。

最初に見舞われたのは、痛みよりも耳鳴りと激しい吐き気だった。続いて頭と背中に、じわじわと痺れるような強い違和感が這い上がる。

「凱人！　大丈夫!?」

そんな叫び声を聞いた瞬間、未沙乃が無事だったことに僕は安堵し――。

糸が切れたように、意識が急速に遠のいていった。

⌛

何が起きたかわからなかった。

信号無視の車が突っ込んできて、凱人が私を庇ったと気付いた時には、すべてが取り返しの付かない事態になっていた。

凱人が引っ張ってくれたおかげで、私は傷ひとつ負わなかった。しかし身代わりで車に轢《ひ》かれた凱人は、アスファルトに後頭部を強打し、ぞっとするほどの血を流していた。

「凱人！　しっかりして！　凱人！」

必死で名前を呼ぶも、凱人は目を閉じたままぴくりとも動かない。

私が動転している間に、気付けば凱人を轢いた車はいなくなっていた。私は見知らぬ男性に助けてもらい、凱人を安全な歩道に横たえた。同時に若い女性が救急車を呼んでくれたものの、到着までの十数分、私は凱人の命が崩れていく光景を一秒ごとに幻視していた。

永遠のような時間が流れたあと、救急車が到着し、救急隊員が手際よく凱人を担架に乗せ、救急車に運び入れる。

私も同乗し、救急隊員が止血や心臓マッサージを行うのを、藁にも縋る思いで見ていた。

「手を繋いで声を掛け続けて！」

突然、救急隊員にそう言われ、慌てて凱人の手を握る。

「凱人！　凱人！　お願いだから目を開けて！」

必死で呼び掛けるものの、こんなことしかできない自分が無力で情けない。

病院の救急入口に着くと、そのまま凱人は手術室に運び込まれていく。

私はその扉の前のベンチに、へたり込むように腰掛けた。

どのくらいの時間が経っただろう。自宅への連絡も忘れ、凱人の無事を祈る私のもとに、凱人の両親がやってきた。夢世界で見た怜悧さが嘘のように青ざめる凱人のお父さんを見て、私の胸は強く締め付けられた。

私の要領を得ない説明を、凱人の両親は最後まで口を挟むことなく聞いてくれた。

凱人のお母さんは私を責めるどころか、「よく頑張ってくれたね」と慈しむように抱きしめてくれ、私は堪え切れずに声を上げて泣いてしまった。まだ状況の整理もできていないだろうに、凱人のお父さんは駆け付けた警察官の事情聴取に冷静に対応している。私も訊かれるまま覚えている限りのことを話した。

無言のまま、じりじりと時間が過ぎる。と、唐突に手術中のランプが消灯し、看護師がストレッチャーを転がして外に出てきた。

ストレッチャーに横たわる凱人は、頭と首に包帯を巻き、口には人工呼吸器を付け、見るも痛々しい姿をしている。それでもこうして出てきたということは、凱人は生きているということだ。

まずはそれに安堵し、立ち上がって駆け寄った私たちに、しかし救急医は険しい表情で告げた。

頭部止血や血種除去、骨折部の整復など、外科的な処置はつつがなく完了したものの、予断は許されない状況であること。

後頭部と頸椎を強打したことで、脳とそれに繋がる神経の広範囲にダメージを負った可能性があること。

七十二時間が経過しても目を覚まさなければ、重篤な後遺症が残るかもしれないこと。あるいは——それ以上の覚悟も必要になるかもしれないこと。

泣き崩れる凱人のお母さんに、救急医は頭を下げて「最善を尽くします」とだけ言い、担架に乗った凱人は看護師とともに去っていった。今後七十二時間はＩＣＵに入るらしい。

悲痛な嗚咽を漏らすお母さんを、お父さんはそっと抱き寄せる。そんな彼らに私は何もしてあげられなかった。さっきお母さんに抱きしめてもらってあんなに救われたのに、私は罪悪感と絶望感で途方に暮れるばかりの卑怯者だった。

家に帰る気になんてなれなかった。許されるならひと晩でもふた晩でも病院に留まるつもりだった。それでも凱人のお父さんに「君は家に帰り、明日学校に詳しい事情を説明してほしい。これは君にしかできないことだ。何かあれば必ず連絡するから」と言われてしまえば、従うより他なかった。私への気遣いであることはわかっていたけど、このまま病院に留まっても私にできることは何もなかったから。

　帰宅すると、母が私の帰りが遅いことを咎めてきた。説明する気になどなれるわけもなく、私は適当にやり過ごそうとしたが、母は私の様子のおかしさを理由にしつこく食い下がってきた。

「いったい何があったの、未沙乃！　今日一緒に遊んだ友達って、時々お見舞いに来ていたあの男の子でしょう!?　まさか、その子に何かされたの!?　正直に話しなさい、すぐにお母さんが何とかしてあげるから――」

　母なりの気遣いであることは百も承知だったが、イライラが募り、私はとうとう大声を出してしまった。

「いい加減にしてよ！　そうだよ、その凱人が、事故に遭って救急車で病院に運ばれたんだよ！　お願いだからこんな時くらい私をひとりにして！」

　こんな風に親に怒鳴るのは初めてのことだった。逆上して怒鳴り返されることも覚悟の上だったが、母は意外にも押し黙ると、存外素直に引き下がった。望んでいた静寂を手に入れたものの、むしゃくしゃした気持ちは余計に募ったように思えた。

　その晩は一睡もできなかった。ベッドに横になる気にすらなれなかった。スマホを片手にずっと吉報を待ち続けていたが、空が明るくなっても着信はなかった。

私の心情などお構いなしの晴天を恨めしく思いながら、重い足を引きずって登校した。今日は始業式だった。

クラス分けの貼り紙に群がる生徒には目もくれず、私は職員室に直行し、ひとまず浅田先生に事情を説明した。先生は目尻に涙まで浮かべて私の快復を喜んでくれたけど、凱人の話を聞くにつれ、すぐに神妙な面持ちに変わった。

私はよほどひどい顔をしていたらしく、話が一段落すると、浅田先生が「夕霧さん、顔色が悪いけど大丈夫？」と気遣ってきた。大丈夫なわけがなかったけれど、私は適当に頷いて職員室を辞した。

このあとは始業式が控えていたが、参加する気になどなれるわけもない。先生に説明もしたし、仮病を使って早退し、凱人のお見舞いに行ってしまおうか。

新学期で浮かれ気分の生徒たちは、約半年も学校に来ていなかった私になど目もくれない。幽霊ってこんな気分なのかな、と私はぼんやり考える。

その時、底抜けに明るい声が私の耳朶《じだ》を打った。

「おはよー、ミサ！　復活おめ！　あんた何組？　日曜のデートどうだった？　ってか凱人とどこまで行った？　最低でもキスくらいは……ミサ？」

にやけ面で下世話な質問をしかけた亜愛は、私の様子に気付いて怪訝そうに首を傾げる。

当の私はと言うと、亜愛の姿を見て、ずっと張り詰めていた一線が切れてしまった。堪えていた涙がぽたぽたと滴り、私の口から譫言のような言葉が零れる。

「亜愛……亜愛ぇ……！」

気付けば私は、亜愛に駆け寄り、彼女の胸元にしがみついていた。

突然の私の奇行に、亜愛は心底戸惑った声を上げる。

「ちょっ、どうしたの、ミサ！　いくら何でも熱烈すぎるでしょ……」

「凱人が……凱人が……！」

「え？　凱人がどうしたの？」

「水族館で、帰り道、車が、私、気付かなくて、でも信号青だったのに、凱人に引っ張られて、血がいっぱいなのに、逃げられて……」

「だぁーもぉー、落ち着けって！　わかるもんもわかんなくなるでしょーが！」

取り乱す私を宥めた亜愛は、人気《ひとけ》のない屋上階段に私を連れていった。

始業式もホームルームもそっちのけで経緯を聞き続けた亜愛は、深刻な表情で呟く。

「……そうだったんだね。デートの帰りに、凱人がそんな目に……」

「……私のせいだ」

並んで階段に腰掛ける私の口から、低い声が溢れ出た。

鬱血しそうなほどに膝を抱きかかえ、私は自己非難に満ちた言葉を吐き出す。

「凱人は私を庇って車に轢かれた。私がいなければ、凱人はあんなことにならなかった。私と一緒に水族館に遊びに行かなければ……私が夢世界から戻ったりしなければ――」

「やめてよ、そんなこと言うの！」

自分を呪う私の言葉を、亜愛は大声で遮った。

亜愛は充血した目で私を睨み、叱咤する。

「凱人はあんたを助けて怪我したんでしょ!? あんたが大切だから、体を張ってあんたのことを守ったんだよ! 今のあんたの台詞がどんだけ凱人のことをバカにしてるか、ちょっとは考えてよ!」

あまりにも荒々しい物言いだが、本気で怒った亜愛の表情を見ると、私は何も言い返せなかった。

ふたりの呼吸音だけが響く静寂は、不安と虚しさばかりが胸を満たすようで、私は耐え切れず弱音を吐露してしまう。

「でも、私……このまま凱人が目を覚まさなくなるなんて、嫌だよ……!」

今度の亜愛は、私を叱責しなかった。

重々しい溜息を吐き、皮肉っぽく独りごちる。

「……寝たきりの凱人と、目覚めたミサか。すっかり逆転しちゃったね」

「逆転……?」

亜愛の何気ないひと言が、私の頭に引っ掛かった。

途端、私の脳内に閃光が走り、私は勢い込んで立ち上がった。

「そっか、それだよ、亜愛! ひょっとしたら、夢世界でなら凱人と……!」

　そのまま私は無断で学校を抜け、身ひとつで自宅へ走った。

　母は買い物に出掛けているのか、家には誰もいなかった。汗が滲み、息も上がった状態で、私は即座にベッドに潜り込む。昨晩一睡もしていないのだから、今すぐにでも眠れるはずだ。

　しかし、待てども待てども眠気は一向にやってこない。早く眠らなきゃ、と心が急き立てられるほど、鼓動が高鳴って目が冴えてしまう。汗でべたついた髪が気持ち悪い。車が通る音がうるさい。些細なことが気に掛かり、時間だけが無為に過ぎていく。

「くそっ、何で眠れないんだよぉっ……！」

　私は起き上がり、いら立ちに任せて髪を掻きむしった。水族館を散々歩き回った挙句に徹夜した今、体が睡眠を必要としていないわけがない。

　ひょっとしたら私は、凱人の事故のショックで不眠症を患ってしまったのかもしれない。この状態で眠りに落ちたとして、ちゃんと夢世界で凱人と話せるような深い眠りに就けるだろうか。

　医師が告げたリミットは七十二時間、もたついていたらあっという間に刻限を迎えてしまう。凱人と会えなくなるなんて嫌だ。あれが最後の会話なんて、絶対に嫌だ。

　何かないだろうか、睡眠薬のようなものが。しかし生憎、私の家族は健康優良者ばかりだ。それなら代用品はないか？　すぐに手に入って眠気を催す何かは……？

「そうか、アレだ！」

閃いた私は大急ぎで台所に向かい、棚を探る。

常温保存の小麦粉や缶詰に交じって並ぶガラス瓶を引っ摑み、鞄に投げ入れると、私は一目散に自宅を飛び出した。


自転車と電車を駆使し、凱人が待つ病院へと急行する。

息も絶え絶えに病院に到着し、凱人への面会許可を取ろうとした私は、受付の女性の答えに目を剝いた。

「面会できないって、どういうことですか⁉」

「いえ、ですからＩＣＵに入院中の患者様とは、原則としてご家族の方しか面会できない決まりでして……」

「私、凱人の恋人なんです！　救急車で付き添いもしたんです！　ほんのちょっとだけでも会わせてもらえないですか⁉」

「そう言われましても……」

必死に食い下がる私と、困り果てた女性。ただならぬ雰囲気に、事務室と待合室が騒然とし始める。

並行線のやり取りに終止符を打ったのは、聞き覚えのある女性の声だった。

「すみません、私は樋廻凱人の母です。未沙乃ちゃんの面会は許可してあげていただけませんか。凱人にとって、本当に大事な人なんです」

バッと顔を上げて横を見ると、いつの間にか凱人のお母さんが傍らに立ち、受付に頭を下げていた。

受付担当は意外そうに目を瞬いたあと、たどたどしく承諾する。

「そ、そうですか。ご家族が許可した上で同伴されるのであれば……」

無事面会証を手に入れ、私は安堵した。これからやろうとしていることに凱人との面会は絶対必要なのだ。

エレベーターへと向かう道すがら、私は凱人のお母さんにお礼を言った。

「ありがとうございます、私だけでは多分入れませんでした」

「いえいえ、あれくらい何てことないわ。未沙乃ちゃんはもう家族みたいなものだから」

「そ、そんな大袈裟な……」

「あら、違うの？　学校を休んでまでお見舞いに来た上に、あんなに堂々と『恋人なんです』なんて言ってくれたのに」

「す、すみません、あれは勢いというか……いえ、嘘ではないんですけど……」

思い出すと一気に恥ずかしさが込み上げてきた。

顔を赤くする私に、凱人のお母さんは優しく微笑んで言った。

「早く凱人に目を覚ましてもらって、きっちり紹介してもらわなきゃね」

エレベーターを降り、私たちはＩＣＵの病棟に続く自動ドアを抜ける。

割合和やかな他の病棟と比べて、ＩＣＵ病棟は緊迫した空気が漂っていた。患者の話し声は全く聞こえず、各種モニターの電子音と、早足で行き来する医師や看護師の足音や会話が響くばかり。ただならぬ雰囲気に当てられ、自然と私の心も引き締まる。

ＩＣＵの病床は一般的な病室と異なり、横に広い一室にベッドがずらりと並び、それぞれをカーテンで区切る簡易的なものだった。緊急時に迅速に対応するためだろう。ベッドに備え付けられている何だかよくわからない機具も、全体的に配線が多く物々しさを感じる。

カーテンのひとつを開くと、そこにはベッドの上で静かに横たわる凱人の姿があった。微かに上下する胸元を見て少し安心するも、口元を覆う人工呼吸器と、頭部を含め全身に繋がれた幾本ものケーブルや点滴は、『生きている』というよりも『無理やり生かされている』という印象だ。

今この瞬間に停電したら凱人の命は尽きてしまうのではないか――そんな不安を抱くと同時に、私は凱人が足繁く寝たきりの私を見舞ってくれた理由をようやく理解した。

丸椅子に手提げ鞄を置き、凱人のお母さんは世間話のように声を掛けた。

「凱人、未沙乃ちゃんがお見舞いに来てくれたよ。起きて挨拶したらどう？」

凱人の返事はない。聞こえるものは、人工呼吸器の音と、心電図モニターの機械的な電子音だけ。

眠れる我が子をじっと見下ろし、凱人のお母さんはしみじみと話し始める。

「昨日からずっとこうして見ているんだけど、眠っている凱人を見ていると、小学生の頃を思い出すのよねぇ。この子、小さい頃は寝起きが本当に悪くて、学校に遅刻しそうになることも日常茶飯事だったわ。サッカーを始めてからは逆に朝五時とかに公園までボール蹴りに行くようになって、夜も門限破りなんてのもしょっちゅうで、手を焼かされたものよ。そんな子がこんなに大きくなって……女の子を守れるくらいになるなんてね……」

語る声が不自然に途切れ、ややあって洟を啜る音が聞こえた。

凱人のお母さんは涙を堪えるように瞬きもせず、全身をとめどなく震わせていたが、やがて詰めていた息を吐き出すと同時に涙腺が決壊した。両手で顔を覆って蹲《うずくま》る凱人のお母さんの背を、私は無言で撫でる。

私がハンカチを差し出すと、お母さんはそれを受け取り、目頭を押さえた。

「……ごめんなさいね、未沙乃ちゃんに気を遣わせちゃって……」

「謝るのは私の方です。凱人がこうなったのは、私のせいですから」

私は厳然たる事実を告げ、深々と頭を下げる。

お母さんは何度も首を横に振り、私の頭を胸元に抱き寄せる。

「未沙乃ちゃんを責めたいわけじゃないの。体を張って未沙乃ちゃんを守った凱人を私は誇りに思っているし、凱人もきっとあなたが無事でよかったって思っているはずだから。だけど、だけどね、それでも私にとっては、生まれた時からずっと見てきた大事な息子だからね……」

声を詰まらせるお母さんの姿が、狂おしいほどに切なく、私の目の奥にも熱いものが込み上げてくる。

ややあってお母さんは私を離し、弱々しい笑みを湛えた。

「少し外で気を落ち着かせてくるわ。未沙乃ちゃんは凱人とゆっくりお話ししてあげて」

「はい、ありがとうございます」

私はこの時、千載一遇のチャンスが来たと思った。

凱人のお母さんが充分に離れたことを確認するや、即座に行動を開始する。カーテンを閉めて視界を遮り、鞄のファスナーを開け、忍ばせていたものを取り出す。

七〇〇ミリリットルの瓶ウイスキー、アルコール度数四〇パーセント。父が晩酌用に準備しているものだ。琥珀色の液体はまだ半分以上残っている。

掛け布団を捲《めく》り、凱人の左手に思い出のペンギンキーホルダーを載せると、私の左手を重ね合わせてしっかりと握る。そしてスクリューキャップを外したウイスキー瓶を、右手にしっかり握る。

ウイスキー瓶を口元に運んだ私は、思わず顔をしかめた。消毒液のような強烈な臭気が鼻を突くばかりで、香りを楽しむどころの話ではない。

深呼吸で気を落ち着けてから、私は眠れる凱人を見つめる。

わざわざ病院までやってきたのは、凱人と接触し、彼の夢世界に入れる可能性を少しでも上げるため――だけではない。

私がウイスキーを飲めば、酔っぱらって眠りこけるだけに止まらず、急性アルコール中毒で取り返しの付かない事態に陥る可能性もある。そうなる前にどうしても、現実世界の凱人をひと目見ておきたかった。

瓶に映った自分に言い聞かせるように、私は口を開く。

「それでも私は……」

――もう一度、凱人と会いたい。いや、会わなきゃならないんだ。

――夢世界の力。まだ私の中に残っているなら、もう一度だけ力を貸して。

意を決し、私はウイスキーを口いっぱいに含んだ。口中に広がる苦みと喉を焼く痛みで吐き出しそうになるが、私はそれを我慢して強引に胃に流し込む。

飲み干した直後は、口の中が苦いだけで何ともないような気がした。ひと口では足りないのかと思い、瓶を再度持ち上げたものの、次の瞬間、私の手から瓶が滑り落ちてしまった。

ゴトンと音を立てて瓶が落ち、琥珀色の液体が床に零れ広がる。まずいと思って拾い上げようとしたが、右手は何度も空を掻くばかり。

違和感に気付いてからは、あっという間だった。

猛烈な吐き気がする。心臓がバクバクする。頭が痛い。視界が歪む。平衡感覚が狂う。心地よい眠気とは程遠い不快感ばかりが積み重なっていく。疲労と睡眠不足が悪酔いに拍車を掛けているのかもしれない。

誰かの声が聞こえる。気のせいかもしれない。やがて私は、姿勢を維持することも目を開けることもままならなくなり、どこまでも落ちていく。

それでも、凱人と繋いだ左手だけは離さずに――。


眼前に広がる光景に、私は目を疑った。

地面に仰向けに倒れていたため、まず私の視界に映ったのは空だった。濃い紅色に染まった空はまるで地獄の炎のようで、夕焼けのような郷愁など微塵も感じさせない。点々と漂うどす黒い雲が、景色の不穏さを強調する。

視線を下ろすと、次に見えたのは楕円の巨大な建造物だった。横幅一〇〇メートルは超えるその建物に、私は見覚えがあった。以前凱人にプロサッカー選手の夢を見せる時に作り出したサッカースタジアムだ。ただし今、そのスタジアムは外壁が剝げ屋根が崩れ、今にも倒壊してしまいそうな有り様だ。

地面は周期的に揺れていて、その地震によりスタジアムの崩壊がさらに進む。瓦礫《がれき》を降らせるばかりのスタジアムに人の気配はまるで感じられない。

しかし、あのサッカースタジアムが存在するということは、私は凱人がいる夢世界に辿り着けたのだ。

――凱人を捜さなきゃ。

でも、スタジアムへと駆け寄る傍ら、私は不吉な予感を抑えきれずにいた。夢世界では何でも実現できるはずなのに、どうしてこんな危険で怪しげな雰囲気なんだろう。

凱人は夢世界をコントロールできていないんだろうか。それが私と同じような回復の兆しならいい、だけどこれはまるで……。

スタジアムの入口は崩落して塞がっていたが、関係者用の通用口を見付け、蹴破るようにしてドアをこじ開ける。

中に踏み込んだ途端、大きな地震が起こり、その衝撃で天井の蛍光灯が落下した。

砕けた蛍光灯の破片が右手を掠め、私は思わず声を上げる。

「痛っ……!?」

反射で口走ってから、私は背筋に冷たいものが走るのを感じた。おそるおそる右手を見下ろすと、手の甲に刻まれた傷から鮮血が滴っていた。

夢世界で怪我をし、痛みを感じるなんて、これまで一度もなかった。やはりこの夢世界は何かおかしい。潜り込んだ通用口は頼りなく、いつ完全に崩落するかわからない。

もし瓦礫に押し潰されたら、私はいったいどうなってしまうのか。現実世界で目を覚ますだけなのか、それとも――?

地震の影響で蛍光灯の明かりが次々に失われていく。暗闇が増えるにつれ、私の中の不安も増幅していく。

怖い。嫌だ。死にたくない。逃げ出したい。この先に凱人がいるって決まったわけじゃない――。

やらなくていい理由をひと通り列挙した私は、深呼吸のあと、それらをひと思いに握り潰した。

「それでも、行かなきゃ」

凱人は私を命懸けで助けてくれた。その私が夢世界で死ぬことを恐れるなんて、愚かしいにもほどがある。凱人に会えるなら、救えるなら、これくらい何のことはない。

地震や残骸に躓いたり、肌を切ったりしながら、私は懸命に前に進む。蛍光灯の明かりはとっくに失われて、前方からぼんやりと差す光だけが頼りだ。地震で転ばないよう壁に手を突き、角を曲がる。

新たな通路の先には、広々と開いた出口から赤い光が差していた。最初に見た空の色だ。私は脇目も振らず駆け出し、そこに飛び込んだ。

出口を抜けた先は、サッカーのピッチだった。しかし芝生は枯れ、ピッチには縦横無尽に地割れが走り、サッカーゴールは錆びネットは破れ、到底サッカーをプレーできる状態にはない。崩落した屋根がそこかしこに転がり、不気味な赤い空が覗いている。

そのピッチの中央に、凱人はいた。サッカーボールを抱え、力なくへたり込んでいる。

「凱人！」

私が呼び掛けると、凱人は驚いた様子で顔を上げ、辺りを見回した。

私の姿を認めると、凱人は立ち上がって目を見開く。

「未沙乃!?　どうして……!?」

「よかった、凱人、やっぱりここにいたんだね！」

私は矢も楯もたまらず、凱人の胸に飛び込んだ。

全身で再会を喜ぶ私に対し、凱人は私を受け止めつつも困惑を極めた様子だ。

「どうしてここに未沙乃がいるんだ？　まさか、未沙乃も事故に遭って？」

「ううん、そうじゃないよ。凱人が助けてくれたおかげで、私は無事だった。でも代わりに轢かれた凱人は、思いっきり頭を打って、病院に運ばれて……処置が終わっても意識が戻らなくて、今ＩＣＵにいるの。夢世界なら凱人と話せるかもって思ったんだけど、私、全然眠れなくて……お父さんのウイスキーを飲んで、無理やり眠ったの」

「ウイスキー!?　何て危険なことを……！」

「今の凱人に比べたらそれくらい危険でも何でもない！　私、このまま二度と凱人に会えなくなるのは耐えられなかったの！」

凱人の非難を遮り、私はそう言い募った。凱人は尚も私に何か言いたげだったが、それらを呑み込んだ様子で相好を崩す。

「そうか。ともかく、未沙乃が無事ならそれでよかった」

心から安心したような凱人の表情に、私は笑顔を返すことができなかった。

現実の凱人は、今も生死の境を彷徨っているというのに。そんな自分の現状が不安じゃないはずがないのに。

私が何か言うよりも早く、凱人は私の肩に手を置いて言った。

「でも、聞いてくれ。未沙乃は今すぐこの夢世界から出るんだ」

「えっ……どうして？　せっかく会えたのに……！」

声を詰まらせる私に、凱人は真剣な表情で続ける。

「この崩れかけた夢世界は、おそらく今の僕そのものの状態を表しているんだ。この世界が完全に崩れた時、ひょっとすると現実世界の僕は死んでしまうかもしれない。それに巻き込まれる前に、早くこの世界を出てくれ」

「嫌だ！　私、凱人と離れたくない！」

言葉だけでなく、私は一層凱人に強くしがみ付く。

涙に濡れた凱人の胸元に顔を埋め、私はくぐもった声で謝る。

「ごめん、凱人。私を庇ったばっかりにあんなひどい怪我を負わせて。私が夢世界を出ようと思わなければ、あんなことにならなかったのに……私、凱人に助けられてばっかりだ……」

「よく聞いて、未沙乃」

凱人の声音は、初めて聞くくらい優しいものだった。

私の頭にそっと手を添え、凱人は慈しむように語り掛けてくる。

「僕は未沙乃と現実世界でデートしたことも、未沙乃を庇ったことも、何ひとつ後悔していないよ。君が僕にくれたものに比べたら、これくらい何でもない。未沙乃はもっと自分に自信を持っていいんだ」

顔を上げると、ぼやけた視界でもわかるくらい、凱人が柔和に微笑んでいるのがわかった。

「実はね、ちょっと嬉しかったんだ。どんな危険があるかわからないのに、君は覚悟を決めて僕に会いに来てくれた。その強さがあれば、君は必ず現実を生き抜いていけるよ」

「凱人……？」

その先の台詞を予期した私は、思わずかすれた声を上げた。

凱人は優しく、そして儚げに微笑んだまま、私にその言葉を告げる。

「この先、僕がどうなるのかは僕自身にもわからない。いつ、どういう状態で目覚めるのか、それとも死んでしまうのか……だから君はもう、僕のことを忘れて、自分の人生を生きてほしいんだ」

その言葉を聞いた瞬間、私は湧き上がる激情に支配された。

「ふざけないでよ！」

先ほどまでの湿っぽい感情もどこへやら、私は凱人にそう言い放った。

目を丸くする凱人をはったと睨み、私はさらに畳みかける。

「私が夢世界から出られたのも、現実世界で生きようと思ったのも、この夢世界でここまで来られたのも、全部凱人がいたからだよ！　凱人がいるなら、どんなつらい世界でも頑張ろうって、そう思ったからだよ！　その凱人を忘れて生きるなんて、無理に決まってるでしょ！」

凱人を抱きしめていた腕を解き、私はその場に仁王立ちした。

さながら地に根を張るように、力強く地面を踏みしめて。

「諦めないでよ！　生きて、頑張って目を覚まして！　凱人が目を覚ますまで、私もこの世界にいるから！　たとえそれで現実の私が目覚めなくなったとしても、私はそれで構わない！」

しばらく凱人は、私の剣幕に呆気に取られた様子で立ち尽くしていた。私は肩で息をしながら、一歩も引かず凱人と対峙し続ける。

やがて凱人は、根負けしたように全身の力を抜き、右手で私を抱き寄せた。

「……そうか。ごめんな。僕、未沙乃の気持ちを蔑《ないがし》ろにするところだった。未沙乃と一緒に現実世界に戻るために、僕も頑張るよ」

「当たり前でしょ。勝手に私を追い出したりしたら、本気で怒るから」

洟を啜り、私はわざとぶっきらぼうに答えた。

やり取りが一段落すると、私の中には別種の怒りが沸々と湧いてきた。今しがたの激情が火種となったのかもしれない。

口を開くと、自分でも驚くほど低い声が流れ出た。

「許せないよ。凱人は何も悪いことしてないのに、何でこんな目に遭わなきゃならないの……？　やっぱり現実世界で生きたって、いいことなんて何も……」

「そんなことはないよ、未沙乃」

呪詛の言葉を吐きかけた私を、凱人はきっぱりと制した。

「僕が一命を取り留めたのは、その現実世界にいる人たちのおかげだろ？　名前も知らない僕たちのために力を尽くしてくれる人がいた、その事実は素晴らしいことじゃないか」

「だけど、凱人を轢いた奴は、あのまま逃げたんだよ……！」

気炎を揚げかけた私に、凱人は静かに首を横に振る。

「もしかしたら、信号を無視したのも、走り去ったのも、深い理由があったからかもしれない。それこそ命に関わるくらいの。事情も知らないまま一方的に断罪するべきじゃないよ」

「……何で凱人は、そんなに優しい考え方ができるの……？」

穏やかに言う凱人に我慢ならず、私は消え入りそうな声で問うのが精一杯だった。

凱人は自分の手のひらを見つめ、冷静に口を開く。

「僕だって事故に遭いたかったわけじゃないし、現実に嫌な感情がないわけでもないよ。だけど、夢世界で未沙乃や亜愛や父さんと関わって、わかったんだ。何事もひとつの面だけじゃ推し量れないって。どんな人にも事情があって、感情があって、人生があるって。当たり前のことだけど、多分みんな忘れがちなことで、そう考えると世界が少し広がるように思えるんだ」

凱人の言葉はどこまでも落ち着いていて、聞いているだけで私の気持ちまで凪いでいく。

静かに耳を傾ける私の右手を、凱人は両手で包み込んだ。

唐突な行動に硬直する私に、凱人は噛み締めるように言う。

「僕がそんな風に思えるようになったのは、未沙乃のおかげだよ。夢世界で君と出会えなかったら、きっと僕は父さんとすれ違ったまま、身勝手な怒りを募らせる人間になってしまっていたと思う。たしかに現実では大変な目に遭っちゃったけど……君と今この感情を共有できることが、すごく嬉しいんだ」

我知らず、私は自分の左手を、凱人の両手に被せていた。

交互に重なり合ったふたりの手が、まるで現実世界にいるように、温かな体温を伝え合う。

互いに両手を握ったまま、凱人は私に笑い掛けた。

「ありがとう、未沙乃。君という人と出会えたことを、僕は誇りに思うよ」

無邪気な笑顔で、率直な言葉を向けられ、私の頬がかっと熱くなった。

顔を隠したいと思ったものの、両手を凱人と握り合っているせいで敵わない。

燃え上がりそうな顔を申し訳程度に俯け、私はぼそぼそと言った。

「な、何で急にそんな……」

私の困惑ぶりを見て、凱人も遅まきながら自分の発言を恥ずかしく思ったらしい。

赤らめた頬を掻き、凱人ははにかむ。

「キザったらしかったらごめん。それでも、『気持ちは伝えられる時に伝えないと後悔する』って言われたから」

「それって、亜愛に？」

私が尋ねると、凱人は真剣な表情で頷いた。

「未沙乃、亜愛はいい友達だよ。僕の身にこれから何が起きても、亜愛は必ず君に親身に寄り添って、力を貸してくれる。亜愛だけじゃない。僕や未沙乃の家族、親戚、先生、他の友達や大人たち……つらいことがあっても、信念を持って立ち向かえば、味方になってくれる誰かは絶対にいる。だからもう、君は現実世界を怖がらなくていいんだ」

「そこに凱人がいてくれないと、私にとっては意味がないんだよぉ……！」

縋り付く私の両頬に手を添え、凱人はそっと顔を上げさせた。

「未沙乃。君はさっきの僕の言葉と覚悟を、信じられないのか？」

これまでの口調とは異なる、叱咤の響きを伴う声だった。

凛々しい顔が間近に迫り、口を噤んだ私に、凱人は力強く語り掛けてくる。

「この先どんなことがあろうと、命ある限り僕は未沙乃のことを想っている。君が僕のために夢世界の壁を抜けたように、僕も君のために力を尽くしてみせる。だから君も、僕を信じて待っていてほしいんだ。その約束があれば、僕はもっと頑張れるから」

小さく、ほんのわずかに……私は頷いた。

すべてを納得できたわけでも、ましてや現実を許せたわけでもない。だけど、凱人の想いだけは無かったことにできない。その覆しようのない事実が、私の心に消えない光を灯してくれる。

袖で顔をゴシゴシと拭い、私は改めて凱人を見上げた。

「……わかったよ。私、凱人のこと信じる。だけど、今はもう少しだけ……」

凱人の首元に両腕を回し、私は切実な思いで凱人に迫る。

それ以上の言葉はいらなかった。凱人もまた、すべてを察した様子で、私の口元に顔を寄せてくる。

凱人の呼吸を感じるほど顔が近付き、私は瞳を閉じ――。

「……ごめん、もう時間切れみたいだ」

凱人の小さな呟きを聞いたような気がした、その直後。

凄まじい地震と荒れ狂う突風に、私と凱人の体が大きくよろめいた。

崩れ始めたのは、スタジアムではなく空間そのものだ。割れたガラスのように宙にヒビが走り、その向こうのどす黒い闇があちこちから覗いている。

世界の終末めいた轟音を合図に、私と凱人の足元の地面が大きく裂ける。

「危ないっ！」

凱人がそう叫ぶ声が聞こえ、私たちがそこに吞み込まれるかに思えた時――。

私は突如、何者かに服を引っ張られた。

私の足が地面から離れ、不思議な力で宙に浮く。

こちらを見上げた凱人は、安心したように微笑み――私の体を押した。

「凱人っ！　凱人――っ！」

地割れに吞まれゆく凱人が、不気味なほどスローに見える。

ちぎれそうなほど腕を伸ばす私に、凱人は叫ぶ。

「未沙乃！　君は生きるんだ！　僕も必ず、また君に会いに行く！　だから――」

世界が崩壊する轟音に包まれながら、その声は私の耳に一言一句違わず届いた。

そのまま凱人は真っ逆さまに落ちていく。途中、凱人が真下の何かに向かって手を伸ばしたように思えたが、すぐに闇に呑まれて見えなくなってしまった。

呆然としたまま上空を仰ぎ見ると、そこにいたのはひと回りほど成長したペンタローだった。

服の裾を嘴で捕らえ、必死に翼をばたつかせながら、私を空中に引き上げている。

世界が瓦礫と闇に覆われかけた刹那、ペンタローは力を振り絞って急上昇し、間一髪で空の亀裂のひとつに飛び込んだ。

視界が暗闇に覆われ、声を出すことすら敵わず――。

私の意識はそこで途絶えた。


目を開けた瞬間、私は激しい頭痛に見舞われて顔を顰めた。

仄かに漂う消毒液臭、清潔感に満ちた白い天井とクリーム色のカーテン、やや硬めの掛け布団。

寝ぼけた頭のまま半身を起こす。私が横たわるベッドの周囲は二辺を壁に、二辺をクリーム色のカーテンに囲まれ、外の様子は窺い知れない。

ここは……病院？

突如としてカーテンが無造作に開かれ、驚愕の声が響いた。

「えっ、ミサ⁉」

そちらを見る間もなく、カーテンを開けた何者かは私に抱き着いてきた。

事態が把握できず呆然とする私を、少女は潤んだ瞳で間近から見上げてくる。

「よかった、目を覚ましたんだね、ミサ！」

「あれ、亜愛……？　私、何で……？」

目の焦点がようやく合い、それが亜愛であることを理解した。

しかし、頭がズキズキしてそれ以上の思考がまとまらない。

何で亜愛がここに？　どうして私は病院に？　私、さっきまで何かすごく大事なことをしていたような——。

必死に思い出そうとする私を、制服姿の亜愛は非難の眼差しで睨んでくる。

「ミサ、あんた急性アルコール中毒でずっと寝ていたんだよ！　病院でウイスキー一気飲みとか何考えてんの⁉　そのおかげですぐに手当してもらえたとはいえ……」

「急性アルコール中毒……？」

亜愛の言葉で、靄がかった私の頭が晴れていく。

七十二時間。事故。凱人。ウイスキー。夢世界。

怒濤のごとく情報が脳内に流れ込み、私は亜愛に摑みかかる勢いで尋ねた。

「凱人！　凱人はどうなったの!?」

先ほどの凱人の異常な夢世界と、その崩壊。それが意味するところを否定したい一心で、私はいてても立ってもいられなかった。

一縷の望みをかけて縋りつく私に、亜愛は表情を曇らせ、重たい口を開いた。

「……凱人は……」

さっきまで朝だったはずなのに、いつの間にか放課後になっていた。まるで動画の前後を切り取り編集したかのように、間の時間がすっぽり抜け落ちている。

八時間も学校に拘束されて、六種類もの授業を受けたのに、今日一日のことを何も思い出せない。気怠い疲労感だけが、私に時間の経過を伝えてくる。

鞄に教科書類を乱雑に詰め込んで下駄箱に向かう途中、別のクラスの亜愛が、ピンクのノートを胸元に抱えて駆け寄ってきた。

「あのさ、ミサ。漫画のことだけど、これ……」

「ごめん、用事あるから、また今度」

一瞥もくれず、足を止めることもなく、私はそう言い放った。

亜愛はシュンとした様子で立ち尽くし、所在なげに呟く。

「そう……だよね。また今度ね」

消沈する亜愛を気遣おうともせず、私は靴を履き替えて昇降口を出る。相変わらず私の心情と裏腹な快晴が鬱陶しい。

私は帰路に就くことなく、まず通りがかりのスーパーに立ち寄った。生花コーナーでひときわ目を引く鮮やかな青の切り花を手に取り、支払いを済ませて店を出る。

脇目も振らず目的地に辿り着いた私は、水が減った花瓶を手に取った。

水道で水だけ入れ替え、花瓶の隙間に買ってきた切り花を挿す。青色は新顔だが、カラフルで悪くない見栄えだ。

もっとも、どれほど綺麗な花を買ったところで、凱人が見ることはできないけれど。

花瓶を元の位置に戻した私は、視線を下ろし、答えのない問い掛けを口にする。

「凱人……これが本当に君が望んだ未来なの？」

――白いベッドに横たわる凱人は、今日も深い眠りに就いたまま。

結局、凱人は七十二時間を過ぎても、目覚めることはなかった。

ただ悪いニュースばかりではなく、自発呼吸を取り戻し、大脳の機能も死んではいないため、将来的に覚醒する見込みは充分にある、と医師から説明を受けた。

しかし、それがいつになるか……数週間、数ヶ月、あるいは一年以上先になるかは予測できず、目覚めても記憶障害や身体不随など深刻な後遺症を抱える可能性は大きいとのこと。

事故の衝撃と当たり所がまずかったらしく、そもそも植物状態や脳死状態にならず一命を取り留められたこと自体が奇跡的だという。

それでも私は、素直に喜べなかった。そもそもあんな事故さえなければ、という考えが、どうしても頭をよぎってしまうせいで。

凱人を轢いた男性は、警察の捜査によりすぐに逮捕された。だが結局、夢世界で凱人が言及したような『のっぴきならない事情』などなく、それどころか飲酒運転だったらしい。馬鹿馬鹿しくて怒る気にもなれず、行き場のない虚しさだけが胸に満ちていた。

そして、もうひとつ。私はあの日以来、夢世界に一度も入れていない。

今の私は、休息のためだけに睡眠を取る、普通で無力な女子だ。もう一度凱人の病室で泥酔しても無意味だろうし、そうする気もない。私が覚醒したあと、凱人のお母さんに頬を叩かれ、「凱人が救った命を投げ出す真似をしないで」と強く言われたから。幼子のように泣きじゃくって謝る私を、お母さんは優しく抱きしめて慰めてくれた。

また、これは完全に想定外の変化なのだが、私が急性アルコール中毒から快復して以降、家族関係が改善の兆しを見せている。どうやら私が凱人の病室で泥酔したのを、『家庭環境に耐えかねて恋人との無理心中を図った結果』だと捉えたらしく、両親のいがみ合いはなくなり、二人とも私を不自然なほど気遣うようになった。

しかし、私にとっては凱人のこと以外、何もかもがどうでもよかった。

凱人は『未沙乃と一緒に現実世界に戻るために頑張る』と言いながら、ひとり犠牲になり、今も眠りに就いたまま。私のためを想っての行動だったことは痛いほどわかっているけど、それでも想像せずにはいられない。たとえ再び夢世界に囚われることになっても、凱人と一緒にいられれば私はそれだけでよかったのに、と。

凱人は今、どうしているんだろう。夢世界で大好きなサッカーをやれていることを……

せめて寂しく苦しい思いをしていないことを、切に願っている。

凱人が目を覚まさなくて毎日悲しい。それでも、お腹は空くし喉も渇く。陽が沈めば眠くなる。学校も会社もスケジュール通りに稼働して、娯楽や吉報に笑ったり喜んだりする人がいる。

凱人がいなくなっても何も変わらない世界が、今の私には憎らしくすら思えた。


翌日の登校後。

窓際の自席でぼーっと思考に浸っていた私は、突然机に何かを思いっきり叩き付けられ、びっくりして体を跳ねさせた。

それは見覚えのあるピンク色のノートだった。目を丸くして見上げると、いつの間にか真横に立っていた亜愛が、怒気を込めた目で私を睨んでいる。

「いい加減にしてよ、ミサ」

そして続けざまに、攻撃的な言葉を私に向けてくる。

怒りの理由がわからず狼狽える私に、亜愛はさらに詰め寄ってくる。

「凱人の身にあんなことがあって、『落ち込むな』なんて言うつもりはないよ。私も悲しい。だけど私はそんな時でも、あんたとの約束をちゃんと守って漫画のシナリオを作っているんだよ。漫画を描けないなら、せめて目を通して感想を返すくらいのことはしてよ」

亜愛の話を聞いた私は、拍子抜けして顔を背けた。

何かと思えばそんなことか、亜愛も律儀だな——それくらいの軽い気持ちで。

「もういいよ。漫画なんか描いたって凱人が目を覚ますわけじゃないし、何の意味も……」

「ミサ、その先を言ったら、あんたのこと本気で殴る」

亜愛は私の頬に両手を添え、無理やり自分の方を向かせた。

激情を宿した亜愛の瞳に、私は不本意ながら圧倒されてしまった。

抵抗も反論もできず、為すがままの私に、亜愛は容赦なく畳み掛けてくる。

「それは私が言った台詞でしょ。その台詞を否定して、私に『償いとして漫画のシナリオを考えろ』って言ったのはあんたでしょ。私はあんたとまた友達になりたかったから、その約束を受け入れたんだよ。それを今さら全部ひっくり返して中途半端に終わらせるなんて、私、絶対に許さないから」

ただならぬ気配を察し、クラスメイトの視線が集中し始めていたが、亜愛は一向に気に掛けていない。他人の顔色など窺おうともせず、なりふり構わずに私だけを見つめている。

やがて亜愛は私の頬から両手を離すと、軽蔑さえ込めた口調で言い放った。

「今のミサ、生きながら死んでるみたい。そんな情けない顔で、目を覚ました凱人に顔向けできると思ってんの？　そんなんじゃ凱人取られちゃうよ、私とかに」

「ちょっ、それはいくら何でも……！」

空虚な心にさざ波が立ち、反発の言葉が口を衝いて出た。

それを聞いた亜愛は、してやったりとばかりに不敵に笑う。

「冗談だよ。そんな顔できるならまだ大丈夫そうだね」

そして亜愛は、机に置いたノートを人差し指でトントンと叩き、釘を刺すように言った。

「期限は来週の月曜朝。必ず全部読んだ上で感想を返すこと。次ブッチしたらデラックスパフェ奢りね」

私の答えも聞かず、亜愛は颯爽と自分のクラスに戻っていった。

嵐が去って呆然としていた私は、のろのろとノートを手に取って開く。

途端、飛び込んできた大量の文字に、私は胃もたれめいた感覚に見舞われた。基本的には二～三行の箇条書きのアイデアだが、中には半ページほども詳細を詰めたものや、簡単な図解を載せたものまである。

軽くめくって確認したが、十ページほどはありそうだ。

「これ全部って……」

後回しにしてきたツケが一気に回ってきたといったところか。

自分の愚かさに、そして亜愛の強情さに、私は深々と溜息を吐く。

こんな時に漫画のシナリオなんかにまともに目を通せるわけがない。そう思いながら、私は渋々ページをめくる。

落ち込んだ気持ちとは裏腹に、私は気付けば食い入るように亜愛のシナリオノートを読み込んでいた。荒廃した地球の冒険譚。特殊能力を駆使するバトル漫画。癖のある彼氏との恋愛模様。ジャンルもキャラもよりどりみどりで飽きない。

亜愛の考えるシナリオは、悔しいが私よりもずっと斬新で面白い。こんなに落ち込んだ気分でも、別腹のデザートのようにするすると読めてしまう。脳内に絵コンテが浮かんでくる。未知の物語に不本意にもワクワクしてしまう。

――凱人が大変な時に、私だけこんな呑気に楽しんでいていいのかな。

そんな罪悪感に胸が痛むも、亜愛に科されたペナルティを免罪符に、私は文字を追い続ける。

軽く確認するだけのつもりが、気付けば半分以上も読み進めていた。

授業開始までに行けるところまで行ってしまおう、と読みふける私の目に、あるシナリオが留まった。

悪夢に囚われて目を覚まさなくなる病が蔓延した世界の話。主人公は他人の脳波と同調できる特殊なデバイスを用いて、悪夢世界に潜り込み、元凶たる夢魔《ナイトメア》を滅ぼしていく。人類を救うために、そして眠れる愛しき恋人を救うために――。

そのシナリオは他と比べてやけに子細で、文末には主人公の台詞まで記されていた。

『現実があるから夢がある。ふたつは地続きなんだ。私たちが腐らずに現実を生きていくことが、ナイトメアを打ち倒し、眠れる大切な人を救う最大の鍵なんだよ――』

その一文を読み、私は目を見開いた。

これはきっと、亜愛が夢世界での経験を基に書き上げたシナリオ――そして私に向けたメッセージだ。

これを見せるために、亜愛はあんなに強引にノートを渡してきたんだ。

放心状態の私の頬を、ひと筋の涙が伝う。

私は何をしているんだ。凱人が「亜愛はいい友達だ」と言ってくれたのに、私は手前勝手な悲しみに浸るばかりで、傍にいてくれる亜愛の気持ちを踏みにじって。私よりも亜愛の方が、よっぽど凱人の意志を汲んでいるじゃないか。

袖で涙を拭った私の脳裏に、最後の夢世界の記憶が蘇る。

どうして忘れていたんだろう。凱人は夢世界で落下した時、真下に手を伸ばしていた。生を諦め、私のためにひとり犠牲になるつもりなら、そんな行動は必要なかったはずだ。

何をしようとしていたのかはわからない。けれど少なくとも、凱人はあんな状況にありながら、私との約束を守るために必死にあがいていた。希望を捨てず、何かを為そうとしていた。そして、おそらく今でも。

亜愛がいなかったら、きっと気付けなかった。凱人と最後に交わした約束も忘れ、彼が目覚めない焦りで、負の感情を日に日に募らせてしまっていた。そんなことを凱人が望むわけがない。

これ以上、悲しみに暮れて人生を無為に過ごすことは許されない。

残された私は、眠る凱人の分まで、人生を二倍充実させなきゃならないんだ。

目覚めた凱人に、君が命懸けで守ってくれた私は立派で素敵な人生を歩んでいるんだと、現実世界はこんなに楽しくて素晴らしい場所なんだと、伝えてあげなきゃならないんだ。

窓の外の空を見上げ、私は想いと祈りを馳せる。

――私、頑張るよ。凱人がくれた大事なものを、決して忘れないように。

――私のこの想いは、必ず凱人を救う道標になるって、信じてるから……！

そして私はペンを手に取ると、決意を込めてそのシナリオの仮題を記した。

――いつか君が目覚めるその時のために――

僕《ぼく》が溺愛《できあい》したのは、余命《よめい》八《はち》ヶ《か》月《げつ》の眠《ねむ》り姫《ひめ》だった

こがらし輪音《わおん》

2024年10月5日初版発行

発行者……加藤裕樹
発行所……株式会社ポプラ社
〒141-8210 東京都品川区西五反田3-5-8
JR目黒MARCビル12階

フォーマットデザイン 荻窪裕司(design clopper)
組版・校閲 株式会社鷗来堂
印刷・製本 中央精版印刷株式会社

ポプラ文庫ピュアフル

ホームページ　www.poplar.co.jp

N.D.C.913/254p/15cm
ISBN978-4-591-18316-8
P8111384